국어과 선생님이 뽑은

한국문학읽기
한국고전읽기
세계문학읽기

국어과 선생님이 뽑은

구운몽

dskimp2004@yahoo.co.kr 엮음

북·앤·북

국어과 선생님이 뽑은 구운몽
인간 세상의 모든 변화는 다 꿈밖의 꿈이요

초판 1쇄 ㅣ 2008년 3월 15일 발행

지은이 ㅣ 김만중
옮긴이 ㅣ 이정민
엮은이 ㅣ dskimp2004@yahoo.co.kr
교정 ㅣ 이정민
디자인 ㅣ 인지숙
일러스트 ㅣ 김한결 · 이혜인 · 주승인
펴낸이 ㅣ 이경자
펴낸곳 ㅣ 북앤북

주소 ㅣ 서울 마포구 망원1동 380-57
전화 ㅣ 02-336-9948
팩시밀리 ㅣ 02-337-4315
등록 ㅣ 제 313-2008-000016호

ISBN 978-89-89994-37-4-04810
잘못된 책은 구입하신 서점에서 바꾸어 드립니다.

이 책에 수록된 작품의 표기는 '한글 맞춤법'의
규정을 원칙으로 하되 작가 특유의 문체나
방언 등은 원본에 따른다.

인간 세상의 모든 변화는 다 꿈 밖의 꿈이요

에게 드립니다

구운몽 미리보기

당(唐)나라 때 천축 (天竺)으로부터 육관 대사라는 고승이 중국에 와서 큰 절을 세우고 제자를 모아 불도를 강론한다. 그 중에서 가장 뛰어난 제자가 성진이었다. 어느 날 대사의 심부름으로 용궁에 가게 된 성진은 용왕의 융숭한 대접에 술을 몇 잔 마시고 돌아온다. 한편 선녀 위진군은 팔선녀를 대사에게 보내 약간의 보물을 선사한다. 길 중간에서 팔선녀와 성진이 만나게 되어 서로 희롱하다 돌아온다.

절에 돌아온 성진은 선녀들을 그리워하며 속세의 부귀영화만 생각한다. 끝내 그는 죄를 얻어 지옥에 떨어지고 인간 세상에 환생하여 양소유가 된다. 한편 팔선녀도 같은 죄로 지옥에 떨어졌다가 다시 세상에 환생한다. 양소유는 차례로 여덟 여인과 인연을 맺게 된다. 양소유는 승상 자리에 오르고 두 부인과 여섯 낭자를 거느리며 부귀영화를 누린다.

세월이 흘러 승상의 벼슬에서 물러난 양소유가 한가히 여생을 즐기던 어느 가을날 두 부인과 여섯 낭자를 거느리고 뒷동산에 올라갔다가 문득 인생의 허무함을 느낀다. 이때 한 노승을 만나 불도에 귀의하겠다고 말하자 노승은 쾌히 승낙하고 짚고 온 지팡이로 난간을 두드린다. 그러자 모든 것이 온데간데없이 사라지고 손에 백팔 염주를 들고 있는 자신(성진)뿐이었다.

당황한 그가 곰곰이 생각해 보니 부귀영화는 하룻밤 꿈이었다. 꿈에서 깬 성진이 황망히 대사 앞에 뛰어가 엎드리자 팔선녀도 뒤를 따라 들어와 제자가 되기를 청한다. 육관 대사의 설법을 듣고 큰 깨달음을 얻은 성진과 팔선녀는 후에 모두 극락세계로 귀의한다.

구운몽 핵심보기

조선 숙종 때 서포 김만중이 지은 고전 소설이다. 민씨(閔氏)의 폐비설을 반대하다가 1689년 남해 유배 시절 어머니 윤씨를 위로하기 위해 지었다고 전해지는 우리나라 양반 소설의 대표 작품이다. 인간의 부귀·영화·공명은 한낱 꿈에 지나지 않는다는 주제로 유교, 도교, 불교 등 한국인의 사상적 기반이 총체적으로 반영되어 있으며 불교의 공 사상이 중심을 이루고 있다. 현실에서 꿈으로 다시 현실로 돌아오는 이원적 환몽 구조를 바탕으로 한 몽자류 소설의 효시이다.

"소승이 어리석어 사부께 죄를 짓고 왔으니,

다용의 처분만을 바랍니다."

한참 후에 또 황건역사가
여덟 죄인을 거느리고 들어와,

성진이 잠깐 눈을 들어 보니 남악산 팔선녀였다.

구운몽

인간 세상의 모든 변화는 다 꿈 밖의 꿈이요

천하에 명산이 다섯이 있는데 동쪽의 동
악을 태산, 서쪽의 서악을 화산, 남쪽의
남악을 형산, 북쪽의 북악을 항산, 가
운데 중악을 숭산이라 하였다.
　　남악인 형산이 중국에서 가장 멀
리 떨어져 있고 구의산이 그 남쪽
에, 동정강이 그 북쪽에, 소상강 물이 그 삼면을
돌아 흐르고 있어 오악 중 가장 수려한 산이다.
서쪽으로는 일흔두 개의 봉우리가 장관을 이루고
있는데 그 가운데 축용, 자개, 천주, 석름, 연화 다
섯 봉우리가 가장 높고 수목이 울창하니, 구름과
안개가 가리어 날씨가 아주 맑고 햇빛이 밝지 않으
면 그 웅장한 진면목을 볼 수가 없었다.

진나라 때부터 선녀 위부인(衛夫人)이 옥황상제의 명으로 선동(仙童)과 옥녀(玉女)를 거느리고 남악산에 들어와 지키기 시작하였는데, 신령한 일과 기이한 거동은 이루 셀 수 없을 정도였다.

당나라 시대에 서역 천축국에서 한 노승이 이곳에 이르러 연화봉 경치에 감탄하여, 제자 오륙백 인과 더불어 연화봉 위에 법당을 크게 짓고 거처하였다. 사람들은 이 노승을 육여화상이라 하기도 하고 육관대사라 하기도 하였다.

두보(杜甫)의 시에서

寺門高開洞庭野(사문고개동정야)
殿脚揷入赤沙湖(전각삽입적사호)
五月寒風冷佛骨(오월한풍냉불골)
六時天樂朝香爐(육시천락조향로)

절문은 동정 들판을 향해 높이 열리고
법당 기둥은 적사호에 박혀 있네.
오월의 찬 바람은 불사리를 시리게 하고
온종일 하늘의 음악이 향로에 피어오르네.

라 한 것은 이곳의 신령한 분위기를 나타냄이었다.

대사가 대승법(大乘法)으로 중생을 가르치고 귀신을 다스리니 사람들이 모두 공경하여 생불(生佛)이 세상에 나타났다고 하였다.

많은 제자들 가운데 성진이라 하는 자가 삼장(三藏, 세 가지 불서. 경장, 율장, 논장) 경문(經文)에 통달하고 총명한 지혜를 당할 사람이 없는 까닭에, 대사가 지극히 사랑하여 입던 옷과 먹던 바리때를 그에게 물려주려고 마음먹고 있었다.

대사가 매일 제자들에게 불법을 강론하는데 어느 날 동정(洞庭) 용왕이 백의(白衣)노인으로 변모하여 법석(法席)에 참예해 경문을 듣고 돌아갔다.

이에 대사가 제자들을 불러 말하였다.

"내가 늙고 병이 들어 산문(山門) 밖에 나가 보지 못한 지 십여 년이니 너희들 중에 누가 나를 위하여 수부(水府)에 들어가 용왕께 보답하고 돌아오겠느냐?"

성진이 두 번 절하며 말하였다.

"소자가 비록 불민(不敏)하지만 명을 받잡고 다녀오 겠습니다."

대사가 크게 기뻐하며 성진에게 가게 하니 성진이 일곱 근이나 되는 가사(袈裟)를 떨쳐입고 육환장(六 環杖, 고리가 여섯 개 달린 지팡이)을 둘러 짚고 표 연히 동정을 향해 길을 나섰다.

성진이 떠나고 얼마 후에 문을 지키는 도인(道人)이 대사께 고하였다.

"남악 위부인께서 여덟 선녀를 보내셔서 지금 문 밖에 와 있습니다."

대사가 부르시니 팔선녀가 차례로 들어와 인사하고 꿇어앉아 부인의 말씀을 전하였다.

"대사께서는 산 서편에 계시고 저는 산 동편에 있 어 거리가 멀지는 아니하지만 일이 많아 한번도 법 석에 나아가 경문을 듣지 못했으니, 사람을 대하는 도리나 이웃과 교제하는 예가 아니기에 시비(侍婢) 를 보내어 문안드리며, 하늘의 꽃과 신선의 과일 그리고 칠보문금(七寶紋錦)으로 변변찮은 정성을 표 한다 하셨습니다."

하고 각각 선과(仙果)와 보배를 눈 위로 높이 들어

대사께 드리니, 대사가 친히 받아 시자(侍子)에게 주어 불전에 공양케 하고, 합장하여 사례하며 말하였다.

"노승이 무슨 공덕이 있다고 이렇듯 상선(上仙)의 풍성한 선물을 받는가?"

하며, 이어서 큰 재(齋, 승려에게 식사를 대접하는 공양(供養)을 올리면서 행하던 불교 의식)를 베풀어 팔선녀를 대접하여 보냈다.

팔선녀가 대사께 하직하고, 산문(山門, 절 또는 절의 바깥문) 밖으로 나와서 서로 손을 잡고 말하였다.

"이 남악의 돌 하나 나무 하나가 다 우리 땅인데 육환대사가 기거하신 후로는 동서로 분명히 나뉘게 되어 연화봉의 아름다운 경치를 지척에 두고도 구경하지 못한 지 오래되지 않았느냐?

이제 우리가 부인의 명을 받아 이 땅에 왔으니 만나기 힘든 좋은 기회고, 또 봄빛이 좋고 해가 아직 저물지 않았으니 저 높은 대에 올라 흥을 타며 시를 읊어 풍경을 구경하고 돌아가 궁중에 자랑하는 것이 어떠냐?"

하고, 서로 손을 잡고 천천히 걸어 올라 폭포에 다가가 흐름을 보고 물을 좇아 내려가 돌다리 위에 쉬니 때는 바로 춘삼월이었다.

화초는 만발하고 구름과 안개는 자욱한데 봄새 소리에 춘흥이 무르익고 자연의 빛깔이 사람을 붙잡는 듯하여, 팔선녀가 자연 몸과 마음이 산란하고 춘흥이 일어나 차마 떠나지 못하였다.

편안히 웃고 말하며 돌다리에 걸터앉아 경치를 즐기니, 낭랑한 웃음은 물소리에 어울리고 아름답고 고운 얼굴은 물 가운데 비치어 완연히 한 폭의 미인도였다.

한편 성진이 동정에 이르러 물결을 헤치고 수정궁(水晶宮)에 들어가니, 용왕이 크게 기뻐하여 봄소 문무(文武) 신하들을 거느리고 궁문 밖으로 나와 맞아들여 자리에 앉히니 성진이 엎드려 대사의 말씀을 낱낱이 아뢰었다.

이에 용왕이 공경하여 사례하고 잔치를 크게 베풀

어 성진을 대접하였는데, 신선의 과일과 채소는 인간 세상의 음식에 비교할 수 없었다.

용왕이 잔을 들어 성진에게 삼배(三盃)를 권하여 말하기를,

"술은 본래 좋지 않지만 이 술은 인간 세상의 것과는 다르니 과인의 권하는 정을 생각하라."

성진이 재배하고 말하였다.

"술은 사람의 정신을 해치는 것이라 불가(佛家)에서 크게 경계하니 감히 먹지 못하겠습니다."

그러나 용왕이 지성으로 권하여 성진이 감히 사양치 못하고 술을 석 잔 먹은 후에 용왕께 하직하고 수궁을 떠나 연화봉으로 향하였다.

성진이 연화봉 아래에 당도하여 갑자기 취기가 크게 일어나 생각하기를,

'사부(師傅)께서 만일 나의 취한 얼굴을 보시면 반드시 무거운 벌을 내리실 터인데.'

하고, 가사를 벗어 모래 위에 놓고 손으로 맑은 물을 떠서 얼굴을 씻는데, 문득 기이한 향내가 바람결에 진동하니 마음이 자연 호탕하였다.

성진이 이상히 여겨 말하였다.

"이 향내는 예사로운 초목의 향내가 아니다. 이 산

중에 무슨 기이한 것이 있을까?"

하고, 다시 의관을 정제하고 길을 찾아 올라가니, 이때 팔선녀가 돌다리 위에 앉아 있었다. 성진이 육환장을 놓고 합장 재배하고 말하였다.

"모든 보살님은 잠깐 소승(小僧)의 말씀을 들어주십시오. 천승(賤僧)은 연화도량 육관대사의 제자로서 사부의 명을 받아 용궁에 갔다 오는데, 이 좁은 다리 위에 모든 보살님이 앉아 계시어 천승이 지나갈 수가 없어 부탁드리오니 잠깐 옮겨 앉아서 길을 열어 주십시오."

팔선녀가 대답으로 절하며 말하였다.

"저희들은 남악 위부인의 시녀인데 부인의 명을 받아 연화도량 육관대사께 문안하고 돌아오는 길에 이 다리 위에서 잠깐 쉬고 있습니다.

〈예기(禮記)〉에 '남자는 왼편으로 가고 여자는 오

른편으로 간다.' 하였습니다. 우리가 먼저 와 앉았으니, 원컨대 화상(和尙)께서 다른 길로 가십시오."

성진이 답하여 말하였다.

"물은 깊고 다른 길은 없는데 어디로 가라 하십니까?"

선녀가 대답하여 말하였다.

"옛날 달마존자(達磨尊者)라 하는 대사는 연꽃잎을 타고도 큰 바다를 육지같이 왕래하였으니, 화상이 진실로 육관대사의 제자라면 반드시 신통한 도술이 있을 것인데, 어찌 이 같은 조그마한 물을 건너기를 염려하시며 아녀자와 길을 다투십니까?"

성진이 크게 웃으며 말하였다.

"모든 낭자의 뜻을 보니 이는 반드시 값을 받고 길을 열어 주시고자 하는 것이나, 본디 가난한 중이라 다른 보화는 없고 다만 행장에 지닌 백팔염주가 있으니 이것으로 값을 대신하고자 합니다."

하고 목의 염주를 벗어 손으로 만지더니 복숭아꽃 한 가지를 던졌다.

팔선녀가 그 꽃을 구경하니 꽃이 변하여 네 쌍의 구슬이 되어 그 빛이 땅에 가득하고 상서로운 기운이 하늘에 사무치고 향내가 천지에 진동하였다.

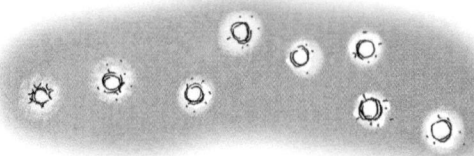

팔선녀가 그제야 일어나 움직이며 말하였다.

"과연 육관대사의 제자구나."

하며, 각각 구슬 하나씩 손에 쥐고, 성진을 돌아보고 서로 웃으며 바람을 타고 공중으로 날아갔다. 성진이 홀로 돌다리 위에서 눈을 들어보니 팔선녀는 간 곳이 없었다.

한참 후에 채색 구름이 흩어지고 향내가 사라지니 성진이 마음을 진정치 못하고 홀린 듯 취한 듯 돌아와 용왕의 말씀을 대사께 아뢰자 대사가 말하였다.

"그런데 어찌하여 늦었느냐?"

성진이 대답하기를,

"용왕께서 심히 만류하기에 차마 일어서지 못하여 지체하였습니다."

하였다. 대사가 더 이상 묻지 아니하고,

"네 방으로 가라."

하였다. 성진이 돌아와 밤에 혼자 빈방에 누우니 팔

선녀의 말소리가 귀에 쟁쟁하고 고운 얼굴이 눈에 아른거려, 앞에 앉아 있는 듯 옆에서 당기는 듯 마음이 황홀하여 진정치 못하다가 문득 생각하였다.

'남자로 태어나서 어려서는 공자와 맹자의 글을 읽고 자라서는 요순 같은 임금을 섬겨, 나가면 백만 대군을 거느려 적진에 횡행하고 들어서는 백관(百官)을 장악하는 재상이 되어 몸에는 비단 두루마기를 입고 허리에는 황금으로 만든 도장을 차고, 임금을 섬기고 백성을 달래며, 눈에는 아리따운 미색을 희롱하고 귀에는 좋은 풍류 소리를 들으며, 영화를 당대에 자랑하고 공명을 후세에 전하면 그것이야말로 진실로 대장부의 일일 텐데.

슬프다, 우리 불가는 다만 한 바리때 밥과 한 잔 정화수요, 수삼 권 경문과 백팔염주일 따름이요, 그 도가 허무하고 그 덕이 사라져 없어지니, 혹 도통한다 하더라도 넋이 한번 불꽃 속에 흩어지면 어느 누가 한낱 성진이 세상에 태어났던 줄이나 알겠는가.'

이럭저럭 잠을 이루지 못하여 밤이 이미 깊었다. 눈을 감으면 팔선녀가 앞에 앉았고 눈을 떠보면 문득 간 데가 없었다.

성진이 크게 뉘우쳐 말하였다.

"불법(佛法)공부는 마음을 정하는 것이 제일인데 사사로운 마음이 이렇듯 일어나니 어찌 앞날을 바라겠는가?"

하고, 즉시 염주를 굴리며 염불을 하는데 갑자기 창 밖에서 동자가 급히 말하였다.

"사형, 주무십니까? 사부께서 부르십니다."

성진이 크게 놀라 동자를 따라 바삐 들어가니 대사가 모든 제자를 거느리고 있는데 촛불이 대낮같이 밝았다.

대사가 크게 화를 내며 말하였다.

"성진아, 네 죄를 아느냐?"

성진이 크게 놀라 신을 벗고 뜰에 내려와 엎드려 말하였다.

"소자가 사부를 섬긴 지 십 년이 넘었지만 조금도 불순불공한 일이 없었으니 죄를 알지 못하겠습니다."

대사가 크게 화를 내며 말하였다.

"네 용궁에 가 술을 먹었으니 그 죄도 있거니와 돌아오며 돌다리 위에서 팔선녀와 함께 언어를 희롱하고 꽃을 꺾어 주었으니 그 죄 어찌하며, 돌아온 후 선녀를 그리워하여 불가의 경계는 전혀 잊고 인간 부귀를 생각하니 그러하고서 공부를 어찌 하겠느냐? 네 죄가 중하여 이곳에 있지 못할 것이니 네가고자 하는 데로 가거라!"

성진이 머리를 조아리고 울며 말하였다.

"소자가 그러한 일이 있어 아뢸 말씀은 없지만, 용궁에서 술을 먹은 것은 주인이 힘써 권하였기 때문이요, 돌다리에서 수작한 것은 길을 열기 위함이었고, 방에 들어가 망령된 생각이 있었지만 즉시 잘못인 줄을 알아 다시 마음을 정하였으니 무슨 죄가 되겠습니까?

설사 죄가 있다면 종아리나 때려서 경계하실 것이지 박절하게 내치십니까?

소자가 십이 세에 부모를 버리고 친척을 떠나 사부님께 의탁하여 머리를 깎아 중이 되었으니, 그 뜻을 말한다면 부자의 은혜가 깊고 사제의 분별이 중한데 사부를 떠나 연화도량을 버리고 어디로 가라하십니까?"

대사가 말하였다.

"네 마음이 크게 변하여 산중에 있어도 공부를 이

루지 못할 것이니 사양치 말고 가거라. 연화봉을
생각한다면 다시 찾을 날이 있을 것이다."
하고, 이어서 크게 소리쳐 황건역사(黃巾力士)를 불
러 분부하여 말하였다.
"이 죄인을 압송하여 풍도(지옥)에 가 염라대왕께
인도하라."
성진이 이 말씀을 듣고 간장이 떨어지는 듯하였다.
머리를 두드리며 눈물을 흘리고 사죄하여 말하였다.
"사부님, 제 말씀 좀 들어 주십시오. 옛적 아란존
자(阿難尊者)는 창가(娼家)에 가 창녀와 동침하였지
만 석가여래께서 오히려 죄를 묻지 아니하였으니,
소자가 비록 근신하지 않은 죄가 있으나 아란존자
에게 비하면 오히려 가벼운데 어찌 연화봉을 버리
고 풍도로 가라 하십니까?"

대사가 말하였다.

"아란존자는 비록 창녀와
동침하였으나 그 마음은
변치 아니 하였지만, 너
는 한번 요색(妖色)을 보
고 아예 본심을 잃었으니 어
찌 아란존자와 비교하겠느냐?"

성진이 눈물을 흘리며 어쩔 수 없이 부처와 대사께 하직하고 사형과 사제와 이별하고, 사자(使者)를 따라 수만 리를 나아가 음혼관(陰魂關) 망향대(望鄕臺)를 지나 풍도에 들어가니 문을 지키는 군졸이 말하였다.

"이 죄인은 어떤 죄인이요?"

황건역사가 대답하였다.

"육관대사의 명으로 이 죄인을 잡아 왔다."

귀졸(鬼卒)이 대문을 열자 역사(力士)가 성진을 데리고 삼라전(森羅殿)에 들어가 염라대왕께 뵈니 대왕이 말하였다.

"화상이 몸은 비록 연화봉에 매였으나 그 이름은 지장왕(地藏王) 향안(香案)에 있어 신통한 도술로 천하 중생을 구제하는가 하였는데, 이제 무슨 일로 이곳에 왔느냐?"

성진이 크게 부끄러워하며 고하였다.

"소승이 어리석어 사부께 죄를 짓고 왔으니 대왕의 처분만을 바랍니다."

한참 후에 또 황건역사가 여덟 죄인을 거느리고 들어와 성진이 잠깐 눈을 들어 보니 남악산 팔선녀였다.

염라대왕이 또 팔선녀에게 물었다.

"남악의 아름다운 경치를 어떻게 버리고 이런 데를 왔느냐?"

선녀들이 부끄러운 마음으로 대답하였다.

"저희들은 위부인의 명을 받아 육관대사께 문안하고 돌아오는 길에 성진 화상을 만나 문답을 하였는데, 대사께서는 저희들이 좋은 경계를 더럽혔다 하여 위부인께 넘겨 잡아 보냈습니다.

저희들의 고락이 모두 대왕의 손에 달렸으니 바라옵건대 좋은 땅을 점지해 주십시오."

염라대왕이 즉시 지장왕께 보고하고 아홉 사자에게 명하여 성진과 팔선녀를 이끌어 인간 세상으로 보냈다.

성진이 사자를 따라가는데 문득 광풍이 휘몰아치니 천지를 분간할 수 없었다. 이윽고 바람이 그치자 정신을 차리고 눈을 떠보니 비로소 땅에 서 있었다.

한 곳에 이르러서 보니 푸른 산이 사면으로 둘러

있고 맑은 물이 잔잔한 곳에 마을이 있었다.

사자가 성진을 기다리게 하고 마을로 들어간 후,
성진이 한참 서 있다가 들려오는 소리에 귀를 기울
여 보니 서너 명의 여인이 서로 말하기를,

"양처사 부인이 나이 쉰이 넘어 태기가 있어 임신
한 지 오래인데 아직도 해산하지 못하고 있으니 이
상하다."

하였다. 한참 후에 돌아온 사자가 성진의 손을 잡
고 말하였다.

"이 땅은 당나라 회남도(淮南道)
의 수주(秀州) 고을이고 이 집
은 양처사의 집이다. 처사는
너의 부친이고 부인 유씨는 네
모친이다. 네가 전생의 인연으로 이 집 자식이 되
었으니 이제 때를 놓치지 말고 급히 들어가라."

성진이 들어가며 보니 처사는 화로에서 약을 달이
고 있었다.

부인이 이제 막 신음하자 사자가 성진을 재촉하여
뒤에서 밀쳤다. 성진이 땅에 엎어지면서 정신이 아
득하고 천지가 뒤집어지는 듯하여 급히 소리를 질
렀다.

"사람 살려! 사람 살려!"

그러나 소리가 목구멍 속에서 말이 되지 못하고 어린아이의 울음소리만 나왔다. 부인이 이에 아기를 낳으니 남자였다.

성진이 태어나서도 연화봉에서 놀던 기억이 역력하더니 점점 자라 부모를 알아 본 후로는 전생 일을 까마득히 잊고 말았다.

양처사가 아들을 낳고 매우 기뻐하며 말하기를,

"이 아이의 골격이 맑고 빼어나니 천상의 신선이 귀양 온 듯하구나."

하며, 이름을 소유, 자는 천리라 지었다. 양생이 십여 세가 되니 얼굴이 옥 같고 눈이 샛별 같아 풍채가 준수하고 지혜가 무궁하니 실로 대인군자였다.

하루는 처사가 부인에게 말하였다.

"나는 세속 사람이 아니고 봉래산 선관(仙官)으로서 부인과 전생연분이 있어 내려왔는데, 이제 아들을 낳았으니 봉래산으로 돌아가지만 부인은 말년에 아들과 함께 영화를 보시고 부귀를 누리시오."

하고, 학을 타고 하늘로 올라갔다.

처사가 승천한 후에 양생이 자라면서 얼굴은 백옥 같고, 글은 이적선(李謫仙) 같으며, 글씨는 왕희지

(王羲之) 같고, 지혜는 손빈(孫臏)과 오기(吳起)를 능가하였다.

하루는 양생이 모친께 말씀드렸다.

"들어보니 과거 시험이 있다 합니다. 소자 모친 슬하를 떠나 서울 황성에 유학하고자 합니다."

유씨는 귀한 자식을 만 리 밖으로 떠나보내는 것은 마음 아프지만, 그의 뜻이 본래 평범하지 않음을 알고

"공명을 얻어 가문을 일으켜야 한다."

하고, 즉시 봉황이 새겨진 금비녀를 팔아 행장을 차려주니, 양생이 모친께 하직하고 한 필 나귀와 서동(書童)을 데리고 길을 떠났다.

양생이 화주 화음현(華州
華陰縣)에 도달하여 어
느 집을 지나치다 보니
수양버들이 있는데 그
가운데 작은 누각이 있어
단청은 밝게 빛나고 향기가 진

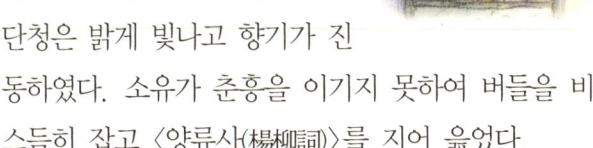

동하였다. 소유가 춘흥을 이기지 못하여 버들을 비스듬히 잡고 〈양류사(楊柳詞)〉를 지어 읊었다.

楊柳靑如織(양류청여직)
長條拂畫樓(장조불화루)
願君勤栽植(원군근재식)
此樹最風流(차수최풍류)

버드나무 푸르러 베 짠 듯하니,
긴 가지 그림 같은 누각에 드리웠구나.
원컨대 부지런히 심으시오.
이 나무가 가장 멋지다오.

楊柳何靑靑(양류하청청)
長條拂綺楹(장조불기영)
願君莫漫折(원군막만절)
此樹最多情(차수최다정)

버드나무 어찌 이리 푸르고 푸를까?
긴 가지 비단 기둥에 드리웠구나.
원컨대 그대는 함부로 꺾지 마오.
이 나무가 가장 다정하다오.

양생이 시를 읊는 소리가 청아하여 옥을 굴리는 듯
하였다.

이때 그 누각 위에 옥 같은 처자가 있었으니 이제
막 낮잠을 자다가 그 청아한 소리를 듣고 잠을 깨
어 생각하기를,

'이 소리는 분명 인간의 소리가 아니다. 반드시 이
소리를 찾으리라.'

하고, 베개를 밀치고 주렴을 반만 걷고 옥난간에
비껴서서 사방을 두루 살피다가, 갑자기 양생과 눈
이 마주쳤다.

양생이 보니 그 처자의 눈은 초승달 같고 얼굴은
빙옥 같은데, 머리가 헝클어져 귀밑에 드리워졌고
옥비녀는 비스듬히 옷깃에 걸친 모양이 낮잠 자던
흔적이었다. 그 아리따운 거동을 말로 다 표현할
수 없었다.

이때 서동이 객점(客店)에 가 묵을 곳을 정해 양생
에게 말하였다.

"저녁밥이 다 되었으니 행차하십시오."

라고 하자, 그 처자가 부끄러워 주렴을 거두고 안
으로 들어갔다.

양생이 홀로 누각 아래에서 바라보니 지는 날 빈

누각에 향내뿐이었다. 양생은 속절없이 서동을 데리고 객점으로 돌아와 애만 태웠다.

이 처자의 성은 진씨고 이름은 채봉으로 진어사의 딸이다. 일찍이 어머니를 잃고 형제가 없이 그 부친이 서울 가 벼슬하는 까닭에 소저가 홀로 종만 데리고 머물렀는데, 뜻밖에 양생을 만나 그 풍채와 재주를 보고 심신이 황홀하여 생각하였다.

'여자가 장부를 섬기기는 인간의 대사요 백년고락이라. 옛날 탁문군(卓文君)도 사마상여(司馬相如)를 먼저 찾았다고 하지만 처자의 몸으로 배필을 청하기가 가하지 않으나, 그 상공의 거주지와 성명을 묻지 아니 하였다가 후에 부친께 고하여 매파를 보내려 한들 어디 가서 찾겠는가?'

하고, 즉시 편지를 써 유모에게 주며 말하였다.

"객점에 가서, 나귀를 타고 이 누각 아래에 와 〈양류사〉를 읊던 상공을 찾아 이 편지를 전하고 내 의지하고자 하는 뜻을 전하라."

유모가 말하였다.

"이후에 어사께서 노하여 물으시면 어찌 하시렵니까?"

소저가 말하였다.

"그것은 내가 감당할 것이니 염려하지 마라."

유모가 말하였다.

"그 상공이 이미 배필을 정하였으면 어찌 하시렵니까?"

소저가 한참을 생각하다가 말하였다.

"불행히도 배필을 정하였으면 상공의 소첩이 됨도 부끄럽지 아니할 것이다. 또 그 상공을 보니 소년이어서 취처(娶妻)하지 아니하였을 것이니 의심 말고 가라."

양생이 객점 밖에서 두루 걸으며 글을 읊다가 늙은 할미가 〈양류사〉를 읊은 나그네를 찾는 것을 보고 바삐 나아가 물었다.

"〈양류사〉는 내가 읊었는데 무슨 일로 찾는가?"

유모가 말하였다.

"여기서 할 말씀이 아니오니 객점으로 들어가십시오."

양생이 유모를 이끌고 객점에 들어가 급히 물으니 유모가 말하였다.

"〈양류사〉를 어디서 읊으셨습니까?"

양생이 대답하여 말하였다.

"나는 먼 지방 사람인데 마침 지나다가 한 누각에 이르러 양류 춘색(楊柳春色)이 볼만하기에 흥에 겨워 시 한 수를 읊었는데 그것을 왜 묻는가?"

유모가 말하였다.

"낭군께서 그때 상면한 사람이 있으십니까?"

양생이 말하였다.

"마침 하늘의 선녀와 같은 낭자가 누각에 있어 아리따운 거동과 기이한 향내가 지금까지도 눈에 선하여 잊지 못하고 있소."

유모가 말하였다.

"그 집은 진어사 댁이고 처자는 우리 소저입니다. 소저가 마음이 총명하고 눈이 밝아 사람을 잘 알아보는지라 잠깐 상공을 보시고 몸을 의탁하고자 하는데, 어사께서 지금 경성에 계시니 이후로 매파를 통하고자 한들 상공이 한번 떠난 후에는 종적을 찾을 길이 없을 것이라 노첩(老妾)으로 하여금 사시는 곳과 성명과 취처 여부를 알고자 하여 왔습니다."

양생이 크게 기뻐하여 말하였다.

"내 성은 양씨고 이름은 소유라 하오. 집은 초나라 수주 고을인데 나이 아직 어려 배필을 정하지 못하였고, 노모가 계시니 혼례는 서로 부모께 고하여 행하겠지만 배필 정하는 것은 한 마디로 결단하겠소."

유모가 크게 기뻐하여 봉한 편지를 내어 놓자, 떼어보니 〈양류사〉에 화답한 글이었다.

樓頭種楊柳 (누두종양류)
擬繫郎馬住 (의계랑마주)
如何折作鞭 (여하절작편)
催下章臺路 (최하장대로)

누각 앞에 버드나무 심은 것은
낭군의 말 매어 머물게 함입니다.
어찌 이 버들을 꺾어 채를 만들어
장대 길을 재촉하십니까?

양생이 이 글을 보고 탄복하여 말하였다.

"옛날 왕유(王維)와 이백(李白)이라도 이에 미치지 못할 것이다."

하고 즉시 채전(시를 쓰는 무늬 있는 색종이)을 빼어
한 수 글을 지어 써서 유모에게 주었다.

楊柳千萬絲 (양류천만사)
絲絲結心曲 (사사결심곡)
願作月下繩 (원작월하승)
係定春消息 (계정춘소식)

버드나무 천만 실이
실마다 애틋한 마음을 맺었습니다.
원컨대 달빛 아래 끈을 만들어
봄소식을 맺어 정할까 합니다.

유모가 받아 품 안에 넣고 객점 밖으로 나가려 하
자 양생이 다시 불러 말하였다.

"소저는 진나라 사람이고 나는 초나라 사람이라, 산천이 멀리 떨어져 있으니 소식을 통하기가 어렵소. 하물며 오늘 이룬 징표가 없으니 오늘 달빛을 타 서로 상대하여 굳게 약속하고 정함이 어떠한지 여쭙게."

노모가 듣고 가서는 즉시 돌아와 소저의 말을 양생에게 전하였다.

"성례(成禮) 전에 서로 보기가 지극히 편치 못하지만 그대에게 의탁코자 하는데 어찌 말씀을 어기겠습니까? 밤에 서로 만나보면 남의 말도 있을 것이고 부친이 아시면 반드시 죄를 주실 것이니, 원컨대 밝은 날 길에서 만나 약속을 정하는 것이 좋을 듯합니다."

양생이 이 말을 듣고 감탄하며 말하였다.

"소저의 영민한 마음이 남다르구나!"

하고, 유모에게 사례하여 보냈다.

양생이 객점에서 자는데 마음에 잊혀지지 않아 잠을 이루지 못하고 새벽 닭 우는 소리를 기다리다가, 이윽고 날이 밝으려 하자 서동을 불러 말을 먹이는데, 갑자기 큰 규모의 군대가 들어오는 소리가 나며 천지가 진동하였다.

양생이 크게 놀라 옷을 떨쳐입고 문 밖으로 달려가
보니 피난하는 사람들이 분주하게 달아나고 있어
황망히 까닭을 묻자,

"신책장군(神策將軍) 구사량(仇士良)이란 사람이 나
라를 배반하여 자칭 황제라 하고 군병을 일으키자,
천자께서 진노하시어 신책의 대병을 단번에 쳐 파
하니 도적이 패군하여 온다."
하였다.

양생이 더욱 크게 놀라 피난하여 도망할 때, 갈 바
를 몰라 남전산으로 들어가 피하고자 하였다.

서동을 재촉하여 들어가며 좌우로 산수를 살피다
보니 절벽 위에 작은 초당이 구름에 가려 있고 학
의 소리가 들렸다.

'분명 인가가 있다!'

생각하고, 바위 사이 돌길로 올라
찾아가니 한 도사가 자리 위에 비
스듬히 앉았다가 양생을 보고 기뻐
하는 기색으로 물었다.

"너는 피난하는 사람 같은데 혹시
회남 양처사의 아들이 아니냐?"
양생이 나아가 재배하며 눈물을 머

금고 대답하여 말하였다.

"소생은 양처사의 아들입니다. 아비를 이별하고 다만 어미를 의지하여 재주가 심히 미련하나 망령되이 요행으로 과거를 보려 화음 땅에 이르렀는데 난리를 만나 살기를 도모하여 이곳에 와 선생을 만나 부친의 소식을 듣게 되니 이는 하늘이 명하신 일입니다.

엎드려 여쭙건대 부친은 어디 계시며 건강은 어떠하십니까? 원컨대 한 말씀을 아끼지 마십시오."

도사가 웃으며 말하였다.

"네 부친이 아까 자각봉에서 나와 바둑을 두고 떠났는데 어디로 간 줄 알겠느냐? 부친의 얼굴이 아이 같고 머리카락이 세지 아니하였으니 염려치 마라."

양생이 또 울며 청하였다.

"원컨대 선생의 도움으로 부친을 만나 뵙게 해 주십시오."

도사가 웃으며 말하였다.

"부자간 지극한 정이 중하나 신선과 범인(凡人)의 세계가 다르니 보기 어렵다. 또 삼산(三山)이 막연하고 십주(十洲)가 아득하니 네 부친의 거취를 어디 가서 찾겠느냐. 너는 부질없이 슬퍼 말고 여기서

머물며 난리가 평정된 후에 내려가거라.”

양생이 눈물을 씻고 앉았는데 도사가 벽 위의 거문
고를 가리키며 말하였다.

“너는 저것을 할 줄 아느냐?”

생이 대답하였다.

“소자 좋아하지만 선생을 만나지 못하여 배우지는

못하였습니다."

도사가 동자를 시켜 거문고를 내려 세상에 전해지지 않은 네 곡조를 가르치니, 그 소리는 청아하고 맑고 또렷하여 인간 세상에서 듣지 못하던 소리였다.

도사가 양생에게 타 보라고 하자 양생이 도사의 곡조를 본받아 타니 도사가 기특히 여기고, 옥퉁소 한 곡조를 불며 생을 가르치면 생이 또 능히 따라 하였다.

도사가 크게 기뻐하며 말하였다.

"이제 거문고와 퉁소를 네게 주니 잃어버리지 말아라. 이후에 쓸 때가 있을 것이다."

생이 감사히 절을 하고 말하였다.

"소생이 선생을 만나 뵌 것도 부친의 인도하심이고, 또 선생은 부친의 친구이시니 어찌 부친과 다르겠습니까? 선생을 모셔 제자가 되고 싶습니다."

도사가 웃으며 말하였다.

"인간의 공명이 너를 따르니 네 아무리 하여도 피하지 못할 것이다. 어찌 나와 같은 노부(老夫)를 좇아 속절없이 늙겠느냐? 말년에 네 돌아갈 곳이 있으니 우리와 상대할 사람은 아니다."

양생이 다시 재배하고 말하였다.

"소자가 화음 땅의 진씨 여자와 혼사를 의논하였는데, 난리에 바쁘게 도망하였으니 이 혼사가 되겠습니까?"

도사가 웃으며 말하였다.

"네 혼사는 여러 곳에 있지만 진씨와의 혼사는 어두운 밤 같으니 생각지 말아라."

양생이 도사를 모시고 자는데 이윽고 동창이 밝았다.

도사가 양생을 불러 말하였다.

"이제 난이 평정되었고 과거는 다음 봄으로 연기되었다. 대부인이 너를 보내고 주야로 염려하시니 어서 가거라."

하고, 행장을 차려 주었다. 양생이 재배하고 거문고와 통소를 가지고 동구 밖으로 나와 돌아보니 그 집이며 도사는 온데간데없었다.

처음에 양생이 들어갈 때는 춘삼월이어서 화초가 만발하였는데 나올 때에는 국화가 만발하여 이상하게 여기고 행인에게 물으니 추팔월이었다. 어찌 도사와 하룻밤 잔 것이 이토록 오래되었는가. 양생이 나귀를 재촉하여 몰아 진어사 집을 찾아오니 버드나무는 간데없고 집이 다 쑥밭이 되어 있었다. 생이 속절없이 빈 터에 서서 〈양류사〉를 읊으며 소식을 묻고자 하였지만, 인적이 없어 어쩔 수 없이 객점으로 가 물어 보았다.

"저 진어사 가솔(家率)이 어디로 갔는가?"

주인이 탄식하며 말하였다.

"상공이 아직 듣지 못하셨군요? 진어사는 역적에 가담하여 죽고 그 소저는 서울로 잡혀갔는데, 혹 죽었다 하고, 혹 궁중 노비가 되었다 하나 자세히 알지는 못하겠습니다."

양생이 이 말을 듣고 슬픔을 이기지 못하여 말하였다.

"남전산 도사가 진씨와의 혼사는 어두운 밤 같다 하더니, 진소저는 분명히 죽었구나."

하고, 즉시 행장을 꾸려 출발해 수주로 향하였다.

이때 유씨가 양생을 보낸 후에 경성의 어지러운 소식을 듣고 밤낮으로 마음을 졸이다가 갑자기 양생을 보고는 내달아 붙들고 울며 죽었던 사람을 다시 본 듯하였다.

"작년 황성의 난리 중에 위태로운 지경을 면하고 살아와 모자가 다시 상면하기도 천행이다. 네 나이가 어리고 공명은 급하지 아니하나 내 너를 만류치 아니한 것은 이 땅이 좁고 또 궁벽하기 때문이었다. 네 나이 십육 세니 배필을 구해야 할 것이지만 가문과 재주가 너와 어울리는 사람이 없구나. 경성 춘명문 밖에 자청관(紫淸觀)의 두연사(杜鍊師)라 하는 사람은 나의 외사촌 형제다. 지혜가 넉넉하고 기개와 도량이 평범치 않아 모든 명문귀족을 다 알고 있다.

내가 편지를 부치면 반드시 너를 위하여 어진 배필을 구해 줄 것이다."

하고, 편지를 써서 주니 생이 행장을 차려 하직하고 떠났다.

낙양 땅에 이르니 낙양은 천자가 머무는 수도(首都)이다. 번화한 풍경을 구경하고자 하여 천진교(天津

橋)에 이르니 낙숫물
은 동정호를 지나 천
리 밖으로 흐르고,
다리는 황룡이 굽이

를 편 듯한데 다리 가에 한 누각이 있어 단청은 찬
란하고 난간은 층층하였다.

금(金)안장을 한 좋은 말들이 좌우에 매여 있고 누
각의 비단 장막은 은은한 가운데 온갖 풍류 소리가
들려오니 양생이 누각 아래에 이르러 물어 보았다.

"이 무슨 잔치요?"

모두들 이르되,

"여러 선비들이 일대 이름난 기생을 데리고 잔치하
는 것이라오."

양생이 이 말을 듣고 호기심을 이기지 못하고 말에
서 내려 누각 위에 올라가니, 모든 선비가 미인 수
십 사람을 데리고 서로 좋은 자리 위에 앉아 떠들
썩하며 담소를 나누다가 양생의 거동과 풍채가 깨
끗함을 보고 다 일어나 맞아 앉았다.

성명을 통한 후에 노생이라 하는 선비가 물었다.

"내 양형의 행색을 보니 분명 과거를 보러 가는 듯
한데?"

생이 말하였다.

"실로 재주는 없지만 구경삼아 왔는데 오늘 잔치는 한갓 술만 먹고 노는 일이 아니라 문장을 다투는 뜻이 있는 듯합니다. 소제(小弟)와 같은 사람은 먼 지방의 미천한 사람으로 나이가 어리고 견식이 심히 천하고 비루하니 용렬한 재주로 여러 공의 잔치에 끼어들어 극히 외람됩니다."

모든 선비가 양생의 나이가 젊고 언어가 겸손함을 보고 오히려 쉽게 여겨 말하였다.

"그렇긴 하오만 양형은 나중에 왔으니 글을 짓든지 말든지 하고 술이나 먹고 가시오."

하고, 이어서 잔 돌리기를 재촉하고 온갖 풍류를 일시에 울리게 하였다.

양생이 보니 모든 창기는 각각 풍악을 가지고 즐겼지만, 한 미인은 홀로 풍류도 아니하고 말도 아니하며 앉았는데 아름다운 얼굴과 얌전한 태도가 진실로 국색(國色)이었다.

한번 보자 정신이 황홀하여 정처가 없고, 그 미인도 자주 추파를 들어 정을 보내는 듯하였다.

그 미인의 앞 백옥으로 된 책상에 글 지은 종이가 여러 장 있는 것을 보고 생이 여러 선비를 향하여 읍(揖)하여 말하였다.

"저 글이 다 형들의 글입니까? 주옥 같은 글을 구경해도 되겠습니까?"

여러 선비가 미처 대답도 하기 전에 그 미인이 급히 일어나 그 글을 받들어 양생 앞에 놓는데, 양생이 차례로 보니 놀라운 글귀가 없고 평범하였다. 생이 속으로 생각하였다.

'낙양에 인재가 많다 하더니 이것으로 보면 헛된 말이로다.'

그 글을 미인에게 주고 여러 선비에게 읍하여 말하였다.

"궁벽한 벽지의 미천한 선비가 상국(上國)의 문장을 구경하니 어찌 즐겁지 아니하겠습니까?"

이때 여러 선비가 술이 다 취하여 웃으며 말하였다.

"양형은 다만 글만 좋은 줄 알고 더욱 좋은 일이 있는 줄을 알지 못하는구려."

양생이 말하였다.

"소제가 형들의 사랑함을 입어 함께 취하였는데 더욱 좋은 일을 어찌 말하지 아니하십니까?"

왕생이라 하는 선비가 웃으며 말하였다.

"낙양은 예부터 인재의 고장인데 오늘 이번 과거의

방목(榜目, 과거 급제자의 명부) 차례를 정하고자 하고 있소.

저 미인의 성은 계이고 이름은 섬월이요. 한갓 얼굴이 아름답고 가무 출중할 뿐 아니라 글을
알아보는 슬기 또한 신통하여 한번 보면 과거의 합격과 낙제를 정하기에, 우리도 글을 지어 계랑과 오늘밤 연분을 정하고자 하니 어찌 더욱 좋은 일이 아니겠소?

양형 또한 남자라 좋은 흥이 있거든 우리와 함께 글을 지어 우열을 다툼이 어떠하오?'

생이 말하였다.

"여러 형들의 글은 이미 지었으니 누구의 글을 택하여 읊었습니까?'

왕생이 말하였다.

"아직 만족하지 않은지 붉은 입술과 흰 이를 열어 양춘곡조(陽春曲調)를 아뢰지 아니하니 분명히 부끄러운 마음이 있어 그러한가 보오.'

양생이 말하였다.

"소제는 글도 잘 못하거니와 하물며 국외인(局外人)

이라 여러 형과 재주를 다투는 것이 송구합니다.”
왕생이 크게 말하였다.

“양형의 얼굴이 계집 같지만, 어찌 장부의 기품이
없겠소. 다만 양형이 글 지을 재주가 없다면 할 수
없겠지만 재주가 있다면 어찌 사양하려 하시오?”
생이 처음 계랑을 보자 시를 지어 뜻을 시험코자
하였지만 여러 선비가 시기할까 주저하였는데 이
말을 듣고는 즉시 종이와 붓을 들어 거침없는 필체
로 순식간에 세 장의 시를 쓰니, 바람 돛대가 바다
에서 달리는 것 같고 목마른 말이 물을 찾아 달리
듯 하였다.

여러 선비들이 시 글귀가
민첩하고 필법(筆法)이 매
우 생생함을 보고 크게 놀
라지 않는 사람이 없었다.
양생이 여러 선비를 향해
읍하여 말하였다.

“이 글을 먼저 여러 선비께 드려야 마땅하나 오늘
좌중의 시관(試官)은 곧 계랑입니다. 글 바칠 시각
이 늦었으니 양해하시기 바랍니다.”
하고, 즉시 시 쓴 종이를 계랑에게 주니 계랑이 샛

별 같은 눈을 뜨며 옥 같은 소리로 높이 읊자, 그 소리는 외로운 학이 구름 속에 우는 듯, 짝 잃은 봉황이 달밤에 우짖는 듯하여 진나라의 쟁과 조나라의 거문고라도 미치지 못할 정도였다.

楚客西遊路入秦 (초객서유로입진)
酒樓來醉洛陽春 (주루래취낙양춘)
月中丹桂誰先折 (월중단계수선절)
今代文章自由人 (금대문장자유인)

초나라 손이 서쪽에서 놀다가 길이 진나라에 드니,
술집에 와 낙양춘 술에 취하였도다.
달 가운데 붉은 계수나무를 누가 먼저 꺾을꼬?
오늘날 문장 가운데 저절로 인물이 있도다.

여러 선비가 처음에 양형을 쉽게 여겨 글을 지으라고 했다가 양형의 글이 섬월의 눈에 든 것을 보고 낙담하여 계랑을 돌아보며 아무 말도 못하였다.

양생이 그 기색을 보고 갑자기 일어나 여러 선비에게 하직하고 말하였다.

"소제가 여러 형의 가엾게 여겨 돌보심을 입어 술이 취하니 감사하거니와 갈 길이 멀어 종일 담화치 못하겠습니다. 훗날 곡강연(曲江宴)에서 다시 뵙겠습니다."

하고 내려가니 여러 선비가 만류하지 아니하였다.

양생이 누각에서 내려가자 계랑이 바삐 내려와 양생에게 말하였다.

"이 길로 가시다가 길가 분칠한 담장 밖에 앵두화가 만발한 곳이 바로 첩의 집입니다. 원컨대 상공께서 먼저 가시어 첩을 기다리십시오. 첩 또한 곧 따라가겠습니다."

양생이 머리를 끄덕이며 대답하고 갔다.

섬월이 누각에 올라가 여러 선비께 고하여 말하였다.

"모든 상공이 첩을 더럽게 아니 여기시어 한 수의 시로 연분을 정하셨으니 어찌 하면 좋겠습니까?"

여러 선비가 말하였다.

"양생은 객이라서 우리와 약속한 사람이 아니니 상관할 것 있겠는가?"

섬월이 말하였다.

"사람이 신의가 없으면 어찌 옳다 하겠습니까? 첩이 병이 있어 먼저 가오니, 원컨대 상공들은 종일토록 즐기십시오."

하고, 하직하고 천천히 걸어 누각에서 내려가니 여러 선비가 앙심을 품었지만 처음에 한 언약이 있었고, 또 섬월의 냉소하는 기색을 보고 감히 한마디 못하였다.

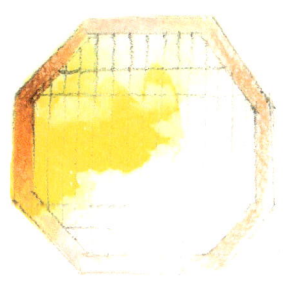

이때 생이 객점에 머물다가 날이 저물어 섬월의 집을 찾았다.

섬월이 먼저 와서 중당을 쓸고 촛불을 켜고 기다리는데, 생이 앵두화 나무에 나귀를 매고 문을 두드리며 불렀다.

"계랑은 있느냐?"

섬월은 문 두드리는 소리를 듣고 신발도 신지 않고

내달아 손을 이끌
며 말하였다.

"상공께서 먼저 가
셨는데 어찌 이제
야 오십니까?"

생이 웃으며 말하였다.

"주인이 손을 기다려야 옳으냐, 손이 주인을 기다
려야 옳으냐?"

서로 이끌고 중당에 들어가 옥 술잔에 술을 부어
취하도록 권한 후에 원앙금침에 드니 초양대(楚陽
臺)에서 무산(巫山) 신녀(神女)를 만난듯, 낙포(洛蒲)
왕모(王母) 선녀(仙女)를 만난 듯 그 즐거움을 어이
다 표현하겠는가.

이럭저럭 밤이 깊었다. 섬월이 눈물을 머금고 탄식
하며 말하였다.

"첩의 몸을 이미 상공께 의탁하였으니 첩의 사정을
잠깐 생각하십시오. 첩은 조나라 사람입니다. 첩의
부친이 이 고을 태수가 되었는데 불행히 세상을 버
리신 후에 가세가 몰락하고 고향이 멀어 천리 밖에
서 반장(返葬, 객지에서 죽은 사람을 고향으로 옮겨
장사를 지냄)할 길이 없어, 첩의 계모가 첩을 백금

을 받고 창가(娼家)에 팔아 장례를 치르니 첩이 차마 거스르지 못하여 슬픔을 머금고 몸을 굽혀 이제까지 부지하였는데, 천행을 입어 낭군을 만나니 해와 달이 다시 밝은 듯합니다. 원컨대 낭군께서 첩을 비루하게 생각지 아니 하신다면 물 긷는 종이나 될까 합니다."

양생이 말하였다.

"나는 본디 가난하여 처첩을 둠이 어려우니 자당께 말씀드려 아내를 삼겠다."

섬월이 앉아 말하였다.

"낭군께서는 어찌 그런 말씀을 하십니까? 지금 천하의 재주를 헤아리건대 낭군께 미칠 사람이 없습니다. 이번 과거에 장원은 하려니와 승상의 인끈(병권(兵權)을 가진 무관이 발병부(發兵符) 주머니를 매어 차던 녹비 끈)과 장군의 절월(節鉞, 관리가 부임할 때에 임금이 내어 주던 물건)이 머지않아 낭군께 돌아올 것이니 천하 미색 중 누가 아니 좇겠습니까? 어찌 저만한 사람으로 아내 삼기를 원하십니까? 낭군은 어진 아내를 구하여 대부인을 모신 후에 첩을 버리시지나 마십시오."

생이 말하였다.

"내 일찍이 화음 땅을 지나다가 마침 진가 여자를 보니 그 얼굴과 재주가 계랑과 비슷하였는데 불행하게 죽었으니 어디 가서 다시 어진 아내를 얻겠는가?"

섬월이 말하였다.

"그 처자는 진어사의 딸 채봉입니다. 진어사가 낙양 태수로 오셨던 때에 첩이 그 낭자와 더불어 친하게 지냈습니다. 그 낭자 같은 얼굴과 재주는 진실로 얻기 어렵거니와 이제는 속절없으니 생각지 마시고 다른 데 구혼하십시오."

생이 말하였다.

"예부터 절색은 대(代)마다 나지 않는다 하였는데 한 시대에 진낭자와 계낭자 두 사람이 있으니 어디 가서 다시 구하라 하는가?"

섬월이 웃으며 말하였다.

"낭군의 말씀이 진실로 우물 안 개구리 같습니다. 우리 창가로 말하면 절색이 셋 있으니 강남의 만옥연이요, 하북의 적경홍이요, 낙양의 계섬월입니다. 첩은 운 좋게 허황된 이름을 얻었지만 만옥연과 적경홍은 진실로 절색입니다. 어찌 천하에 절색이 없다 하겠습니까?"

생이 말하였다.

"그 두 낭자는 외람되게 계랑과 이름을 나란히 하였구나."

섬월이 말하였다.

"옥연은 먼 지방 사람이라 보지는 못하였지만, 경홍은 저와 형제 같으니 경홍의 일생 본말을 대충 고하겠습니다.

경홍은 반주 양민의 딸입니다. 일찍 부모를 잃고 그 고모께 의탁하였는데 십 세부터 아주 빼어난 미색이 하북(河北)에 이름이 자자하여 근방에서 천금으로 구하는 사람이 많아 매파가 구름같이 모였지만 경홍이 모두 물리치니 매파가 고모에게 물었습니다.

'동서로 모두 물리치니 어떤 훌륭한 신랑을 구해와야 뜻에 합당하겠습니까? 대승상의 총애하는 접이 되고자 하시는가, 아니면 절도사의 부실(副室)이 되고자 하시는가, 이름난 선비에게 허락코자 하시는가, 뛰어난 재주를 가진 선비에게 보내고자 하시는가?' 경홍이 크게 노하여 대답하였습니다.

'진나라 때 동산(東山)에서 기생들을 모아들이던 사안석(謝安石)이 있으면 가히 대승상의 첩이 될 것이요, 삼국 때 사람들에게 곡조 가르치던 주공근(周公瑾)이 있으면 가히 절도사의 첩이 될 것이요, 현종조에 청평사(清平詞)를 드리던 한림학사가 있으면 가히 이름난 선비를 좇을 것이요, 무제 때 봉황곡(鳳凰曲)을 아뢰던 사마상여가 있으면 뛰어난 재주를 가진 선비를 가히 따를 것이라.' 하니, 모든 매파가 크게 웃고 흩어졌습니다.

경홍이 첩과 함께 상국사(上國寺)에 놀러갔을 때 첩에게 말하였습니다. '우리 두 사람이 진실로 뜻하던 군자를 만나거든 서로 천거하여 함께 한 사람을 섬겨 백년을 해로하자.'고 하여 첩이 허락하였는데, 첩이 낭군을 만나니 문득 경홍이 생각나지만 경홍이 산동 제후의 궁중에 있으니 이는 분명히 호사다마(好事多魔)입니다. 왕후(王侯)의 희첩(姬妾)은 부귀가 극진하지만 이것은 경홍이 원하는 바가 아닙니다."

이어서 탄식하여 말하였다.

"어떻게 하면 경홍을 보고 이 정회를 풀겠습니까?"

양생이 말하였다.

"창가에 비록 재색이 많으나 사대부 집의 규수는

보지 못하니 어찌 알겠는가?"

섬월이 말하였다.

"제가 보기에 진낭자만 한 사람이 없지만 장안 사람이 다 정사도의 여자가 요조한 얼굴과 유한한 덕행이 당세에 으뜸이라 합니다. 첩이 비록 보지는 못하였으나, '이름이 높으면 빈 명예가 없다.' 하니, 원컨대 낭군은 경성에 가셔서 두루 찾아보십시오."

이때 닭이 울어 날이 샜다. 섬월이 말하였다.

"이곳은 오래 머물 곳이 아니니 상공은 가십시오. 이후에 모실 날이 있을 것이니 아녀자를 위하여 떠나는 것을 슬퍼하지 마십시오. 게다가 어제 여러 공자들의 앙심 품은 마음이 없겠습니까?"

생이 그 말에 오히려 눈물을 뿌리고 떠났다.

양생이 장안에 들어가 숙소를 정한 후에 주인에게 물었다.

"자청관이 어디에 있소?"

주인이 대답하였다.

"저 춘명문 밖에 있습니다."

생이 즉시 예단(禮緞)을 갖추고 두연사를 찾아가니 연사는 나이 육십이 넘었다.

생이 들어가 재배하고 그 모친의 편지를 드리니 연사가 그 편지를 보고 눈물을 흘리며 말하였다.

"네 어머니와 이별한 지 이십여 년이 되었구나. 그 후에 낳은 자식이 이렇듯 컸으니 세월이 눈 깜짝할 사이로다.

나는 세상 번화(繁華)를 버리고 세상 밖에 와 있거니와, 모친 편지를 보니 네 배필을 구하라 하였지만 풍채를 보니 정녕 신선이다. 아무리 구하여도 너 같은 사람은 얻기 어렵겠지만 거듭 생각할 것이니 훗날 다시 오너라."

생이 말하였다.

"소자의 어머니께서 연세가 많으십니다. 소자의 나이가 십육 세나 배필을 정하지 못하여 효도로 봉양

치 못하고 있으니, 원컨대 숙모님은 십분 고려하여
주십시오."

하고, 하직하고 갔다.

이때 과거 날은 가까웠지만 혼처를 정하지 못하였기
에 다시 자청관에 가니 두연사가 웃으며 말하였다.

"한 혼처가 있는데 처자의 얼굴과 재주는 너의 배
필감이다. 귀족집 붉은 문이 겹겹이 되어 있고 계
극(棨戟)을 문 밖에 베푼 데가 바로 그 집이다. 문
벌도 가장 높은 육대 공후(六代公侯)요, 삼대 상국
(三代相國)이라.

네가 이번에 장원 급제하면 그 혼사를 바랄 것이나
그 전에는 의논하지 못할 것이니, 나만 보채지 말
고 착실히 공부하여 장원 급제를 하라."

"누구의 집입니까?"

연사가 말하였다.

"춘명문 밖의 정사도 집이다. 사도가 한 딸을 두었
는데 사람이 아니라 선녀라 할 만하다."

생이 이 말을 듣고 문득 생각하되, '계섬월이 그런
말을 하더니 과연 그러한가' 하여 물었다.

"정씨 여자를 숙모님이 친히 보셨습니까?"

연사가 말하였다.

"왜 아니 보았겠느냐? 정소저는 진실로 하늘 나라 사람이요, 범인이 아니다. 어이 다 말로 헤아릴까?"

생이 말하였다.

"어리석지만 이번 과거는 내 손안에 있어 염려치 않습니다만, 정한 뜻이 있어 그 처자를 보지 못하면 결단코 구혼하지 않고자 하오니, 원컨대 불쌍히 여겨 그 소저를 보게 해 주십시오."

연사가 크게 웃으며 말하였다.

"재상집 처녀를 어떻게 보겠느냐? 네가 이 노인을 믿지 아니하는구나."

생이 말하였다.

"소자가 어찌 숙모님의 말씀을 의심하겠습니까마는 사람의 소견이 각각 다르니 숙모님의 소견이 소자와 다를까 염려하는 것입니다."

연사가 웃으며 말하였다.

"봉황과 기린은 아무리 무식한 계집이라도 상서(祥瑞)로운 줄 알아보고 푸른 하늘과 밝은 태양은 아무리 천한 시골 사람이라도 높고 밝은 줄 아는데, 노인의 눈이 아무리 밝지 못한들 사람 알기를 너만 못하겠느냐."

생이 한참을 생각하다가 말하였다.

"아무리 해도 제 눈으로 보지 못하면 의심이 풀리지 아니하오니, 원컨대 숙모님은 모친께서 편지한 뜻을 생각하셔서 한번 보게 해 주십시오."

연사가 말하였다.

"죽기는 쉬워도 정소저 보기는 어렵다. 어찌하면 좋을꼬?"

하더니 갑자기 생각하여 말하였다.

"네 혹시 음률을 아느냐?"

생이 말하였다.

"지난해 한 도사를 만나 곡조를 배워 압니다."

연사가 말하였다.

"재상가의 뜰이 엄숙하니 날지 못하면 들어갈 길 없고, 또 소저가 경서와 예문(禮文)에 능통하여 동정출입(動靜出入)을 예(禮)대로 하기에 문 밖에 나오는 일이 없으니 어찌 그림자나 얻어 보겠느냐. 다만 한 가지 방법이 있지만 네가 듣지 아니할까 염려되는구나."

생이 이 말을 듣고 일어나 재배하여 말하였다.

"정소저를 볼 수만 있다면 하늘이라도 오를 것이

요, 깊은 못이라도 들어가리니 무슨 일을 듣지 아니하겠습니까?"

연사가 말하였다.

"정사도가 요사이 늙고 병들어 벼슬을 사양하고 원림(園林)에 돌아와 풍류만 일삼고, 부인 최씨는 거문고를 좋아하여 거문고를 잘 타는 객을 만나면 소저와 함께 곡조를 의논하는데, 소저가 지음(知音)을 잘 해서 한번 들으면 청탁고저를 모를 것이 없으니 비록 사광(師曠)이라도 더하지 못할 것이다.

네가 만일 거문고를 알면 분명히 보기 쉬울 것이다. 이월 그믐날은 정사도의 생일이라 해마다 시비에게 향촉을 갖추어 보내 수복(壽福)을 비니, 그때 네가 여도사(女道士)의 옷을 입고 거문고를 타면 시비가 보고 돌아가서 부인께 고할 것이다. 그러면 부인이 반드시 청할 것이고, 소저를 보기가 쉬울 듯하니 너는 연분만 기다려라."

양생이 크게 기뻐하여 날을 기다리다 이럭저럭 그 날에 이르니 정사도의 시비가 부인의 명으로 향촉을 가지고 왔다.

연사가 받아 삼청전(三淸殿)의 불전에 공양하고 시비를 보내려 할 때, 양생이 여도사의 의관을 하고 별당에 앉아 거문고를 탔다. 시비가 하직하다가 문득 거문고 소리를 듣고는 물었다.

"제가 일찍이 부인 앞에서 이름난 거문고 소리를 많이 들었지만 이런 소리는 실로 듣지 못하였는데 도대체 어떤 사람입니까?"

연사가 말하였다.

"엊그제 나이 어린 여관(女官)이 초나라에서 와 황성을 구경하고 여기에 머물고 있다.

때때로 거문고를 타니 그 소리가 심히 사랑스럽더구나. 나는 본디 음률에 어두워 곡조를 모르는데 그대의 말을 들으니 진실로 잘 하는 것 같구나."

시비가 말하였다.

"부인께서 이 말씀을 들으면 반드시 청하실 것이니, 바라건대 사부님께서 이 사람을 꼭 잡아두십시오."

연사가 말하였다.

"그대를 위하여 잡아두겠다."

하고 시비를 보냈다.

시비가 돌아가 부인께 고하였다.

"자청관에 어떤 여관이 거문고를 타는데 그 소리가
진실로 들음직하였습니다."
부인이 이 말을 듣고 기뻐하며 말하였다.
"내가 좀 듣고 싶구나."
하고, 즉시 시비를 자청관에 보내어 두연사께 청하
여 말하였다.
"나이 어린 여관이 거문고를 잘 탄다 하니, 도인(道
人)께서 그를 보내주셨으면 합니다."
연사가 시비를 데리고 별당에 가 양생에게 물었다.
"최부인께서 불러계시니 여관은 나를 위하여 잠깐
가 봄이 어떠한가?"
생이 말하였다.

"먼 지방 천한 몸이
라 존귀한 댁 출입이
어려우나 대사께서
권하시니 어찌 감히
사양하겠습니까?"
하고, 여도사의 옷을
입고 화관(花冠)을 바로 쓰고 거문고를 안고 나오니
선풍도골(仙風道骨)은 위부인과 사자연(謝自然)이라
도 미치지 못할 바였다.

가마를 타고 정부(鄭府)에 가니 최부인이 중당에 앉았는데 위의가 엄숙하였다.

양생이 당하에 나아가 재배하니 대부인이 시비에게 명하여 자리를 주고 말하였다.

"우연히 시비로 인하여 신선의 음악 소리를 듣고 싶어 청하였는데 과연 여관을 보니 천상 선녀를 만난 듯하여 세상의 일을 다 잊겠구나."

생이 말하였다.

"첩은 본디 초나라 천한 사람이라 외로운 몸이 구름같이 동서로 다니다가 오늘날 부인을 모시니 하늘의 뜻인가 합니다."

부인이 양생의 거문고를 무릎에 놓고 손으로 만지며 말하였다.

"이 재목이 진실로 묘하도다."

양생이 말하였다.

"이 재목(材木)은 용문산(龍門山)에서 백 년 자란 오동나무라 천금으로 사려고 하여도 얻지 못할 것입니다."

양생이 마음속으로 생각하기를 이 사지(死地)에 들어온 것은 소저를 보려 함인데 날이 늦어가도 보지 못하니 마음이 조급하여 부인께 고하였다.

"첩이 비록 예부터 전하여 오는 곡조를 타오나 청탁을 알지 못합니다. 자청관에 와 들으니 소저가 지음(知音)을 잘 하신다 하여 한 곡조를 아뢰어 가르치는 말씀을 듣고자 하였는데 소저가 아니 계시니 마음이 섭섭합니다."

부인이 시비를 시켜 즉시 소저를 불렀다.

이윽고 소저가 비단 장막을 살며시 걷고 나와 부인 앞에 앉았는데, 양생이 일어나 절하고 앉으며 눈을 들어 바라보니 태양이 처음으로 붉은 안개 속에서 비치는 듯 아리따운 연꽃이 물 가운데 핀 듯 심신이 황홀하여 안정치 못하였다.

양생이 멀리 앉아 소저의 얼굴을 자세히 못 볼까 하여 일어나 다시 고하였다.

"한 곡조를 시험하여 소저의 가르침을 듣고자 하온데, 화당(華堂)이 멀어 소리가 흩어지면 소저의 귀에 자세히 들리지 못할까 염려됩니다."

부인이 즉시 시비를 명하여 자리를 옮겼다. 양생이 고쳐 앉으며 거문고를 무릎 위에 놓고 줄을 고른 후에 한 곡조를 타고 나니 소저가 말하였다.

"아름다운 곡조로다. 이는 〈예상우의곡(霓裳羽衣曲)〉이다. 도인의 수법은 신통하나 음란한 곡조니 들을 만하지 아니하다. 예부터 전해오는 다른 곡조를 듣고자 한다."

양생이 또 한 곡조를 타니 소저가 말하였다.

"이는 진후주(陳後主)의 〈옥수후정화(玉樹後庭花)〉다. 망국조(亡國調)니 들음직하지 아니하구나. 다른 곡조가 있는가?"

양이 또 한 곡조를 타니 소저가 말하였다.

"이는 채문희(蔡文姬)가 오랑캐에게 잡혀가 두 자식을 생각하는 곡조라, 절개를 잃었으니 어찌 들을 만하겠는가?"

양생이 또 한 곡조를 타니 소저가 말하였다.

"이는 왕소군(王昭君)의 〈출새곡(出塞曲)〉이다. 오랑캐 땅의 곡조니 어찌 들음직하겠는가?"

또 한 곡조를 타니 소저가 말하였다.

"이 곡조를 듣지 못한 지 오래 되었다. 여관은 보통 사람이 아니다. 옛날 혜숙야의 〈광릉산(廣陵散)〉이라 하는 곡조다. 혜숙야가 도적을 쳐 파하고 천하를 맑게 하고자 하다가 뜻밖에 참소를 당함에 분을 이기지 못하여 이 곡조를 지었거니와 후세에 전할 사람이 없었는데 여관은 어디서 배웠는가?"

양생이 일어나 절하고 사례하여 말하였다.

"소저의 총명은 세상에 둘도 없습니다. 소첩의 스승도 그리 말씀하셨습니다."

또 한 곡조를 타니 소저가 말하였다.

"이는 백아(佰牙)의 〈수선조(水仙操)〉다. 도인이 천년 후에 백아(佰牙)의 지음(知音)이구나."

또 한 곡조를 타니 옷깃을 여미고 꿇어앉아 말하였다.

"난세를 당하여 성인이 백성을 건지려 하시니 공부자(孔夫子)가 아니면 누가 이 곡을 지을 수 있겠는가. 이는 공부자의 〈의란조(倚蘭操)〉다."

양생이 또 한 곡조를 타니 소저가 말하였다.

"이는 순임금의 〈남훈가(南薰歌)〉란 곡이다. 지극히 높고 아름다워 이에 비길 것이 없으니 어찌 다른 곡조를 원하겠는가?"

양생이 말하였다.

"첩이 듣자오니 아홉 곡조를 이루면 천신이 내린다 하는데, 이미 여덟 곡조를 탔고 또 한 곡조가 남았으니 마저 탈까 합니다."

줄을 고쳐 다스려 타니 그 소리가 청량하여 사람의 마음을 방탕케 하였다.

소저가 눈썹을 나직이 하고 말하지 아니하니 생이 곡조를 더욱 빠르게 몰아쳐 소리가 호탕하였다.

"봉(鳳)이여, 봉이여!"

그 황(凰)을 부르는 곡조에 이르러 소저가 눈을 들어 생을 자꾸 돌아보다가 옥같이 아름다운 얼굴에 부끄러운 빛을 띠고 즉시 일어나 안으로 들어가자, 양생이 놀라 거문고를 밀치고 소저가 가는 데만 보니 부인이 말하였다.

"여관이 방금 탄 곡조는 무슨 곡조인가?"

양생이 말하였다.

"선생께 배웠지만 곡조 이름은 알지 못하기에 소저의 가르침을 듣고자 하였는데 소저는 아니 오십니까?"

부인이 시비에게 명하여 소저를 부르니 시비가 돌아와 고하였다.

"소저가 반나절을 바람을 쏘여 기운이 편치 아니하다 합니다."

양생이 이 말을 듣고 소저가 눈치를 챘는가 하여

크게 놀라, '오래 머물지 못하겠구나.' 하고, 즉시
일어나 재배하여 말하였다.

"들자오니 소저가 옥체 불편하시다 하오니, 부인께
서 진맥하셔야 할 것 같아 소첩은 물러가겠습니
다."

부인이 상으로 비단을 많이 주었지만 사양하며,

"첩이 천한 재주를 보여드렸으니 어찌 값을 받겠습
니까?"

라고 말하고 갔다.

부인이 안으로 들어가 물으시니, 소저의 병이 이미
나았다고 하였다.

소저는 춘랑의 침소에 가 시녀에게 물었다.

"춘랑의 병이 어떠하냐?"

시녀가 말하였다.

"오늘은 잠깐 나아 소저가 거문고 소리를 감상하신
다는 말을 듣고 일어나 세수하였습니다."

춘운이 소저를 모시고 밤낮 함께 거처하니 비록 주인과 종의 신분은 있으나 정은 형제 같았다.

이날 춘운이 소저의 방에 와서 물었다.

"아침에 어떤 여관이 거문고를 가지고 와 좋은 소리를 탄다 하여 병을 억지로 참고 왔는데 무슨 까닭으로 그 여관이 속히 갔습니까?"

소저가 낯빛이 붉어지며 가만히 대답하였다.

"내가 몸 가지기를 법대로 하고 말씀을 예대로 하여 나이가 십육 세 되었지만 중문(中門) 밖에 나가 외인(外人)을 대면치 아니하였는데, 하루아침에 간사한 사람에게 평생 씻지 못할 욕을 입으니 너를 대면하기가 부끄럽구나."

춘운이 크게 놀라 말하였다.

"무슨 일이기에 이런 말씀을 하십니까?"

소저가 말하였다.

"아까 왔던 여관이 얼굴이 아름답고 기상이 준수하였다. 처음에 〈예상우의곡〉을 타고 나중에 〈남훈곡(南薰曲)〉을 타기에 내가 '진선진미(盡善盡美)하니 그만하라.' 하였지만 또 한 곡조를 타니 이는 사마상여가 탁문군을 꼬이던 〈봉구황곡(鳳求凰曲)〉이었다. 그제서야 자세히 보니 그 여관이 얼굴은 아름다우나 기상이 호탕하여 계집이 아니었다.

분명 간사한 사람이 내 허명(虛名)을 듣고 춘색을 구경코자 하여 변복(變服)을 하고 온 것이니, 춘랑이 네가 병들어 보지 못한 것이 분하구나. 네가 한번 보았으면 남녀를 구별하였을 것이다.

춘랑은 생각해 보라. 내 규중처녀로서 평생에 보지 못하던 사내를 데리고 반나절을 서로 말을 주고받았으니 천하에 이런 일이 있을 수 있느냐? 부모님께는 차마 아뢰지 못하고 너에게만 말할 수밖에 없구나."

춘운이 웃으며 말하였다.

"소저는 여관의 〈봉황곡〉을 들으셨지만 사마상여의 〈봉황곡〉은 아니었으니 어찌 그리 과하게 생각하십니까? 옛날 사람이 잔 가운데 활 그림자를 보고 병들었다는 것과 같습니다. 또 그 여관이 얼굴이 아름답고 기상이 호방하며 음률에 능통하니 참으로 사마상여인가 합니다."

소저가 말하였다.

"비록 사마상여라 할지라도 나는 탁문군이 되지 아니할 것이다."

하루는 소저가 부인을 모시고 중당에 앉았는데 사도가 과거 방목(榜目)을 가지고 희색이 만연하여 들어오며 부인에게 말하였다.

"내 아기의 혼사를 정하지 못하여 밤낮으로 염려하였는데 오늘날 어진 사위를 얻었소."

부인이 말하였다.

"어떤 사람입니까?"

사도가 말하였다.

"이번 장원한 사람은 성은 양씨고 이름은 소유라 하는데, 나이는 십육 세고 회남 땅 사람이라 하오. 그 풍채는 두목지(杜牧之)요 그 재주는 조자건(曹子健)이라 하니 진실로 이 사람을 얻으면 어찌 즐겁지 아니하겠소."

부인이 말하였다.

"열 번 듣는 것이 한 번 보기만 못하다 하니 친히 본 후에 정하십시오."

소저가 이 말을 듣고 부끄러움을 이기지 못하여 즉시 일어나 침소에 가 춘운에게 말하였다.

"저번에 거문고 타던 여관이 초나라 사람이라 하더니 회남은 초나라 땅이다. 양장원이 분명히 부친께 뵈러 올 것이니 춘랑은 자세히 보고 나에게 이르라."

춘운이 웃으며 답하였다.

"나는 여관을 보지 못하였사오니 양장원을 본들 어찌 알겠습니까. 소저가 주렴 사이로 잠깐 보시는 게 어떻겠습니까?"

소저가 말하였다.

"한번 욕을 보았으면 되었지, 어찌 다시 볼 뜻이 있겠느냐."

양생이 회시(會試) 장원하고 이어서 급제 장원하여 한림학사(翰林學士, 당나라 때 한림원에 속하여 조칙의 기초를 맡아보던 벼슬)를 하니 이름이 천하에 가득하였다. 명문 귀족 가문에서 매파를 보내어 구혼하는 집이 구름 모이듯 하였다.

양생은 정사도와의 혼사를 생각하여 다 물리쳤다. 하루는 양한림이 정사도를 뵈러 가기를 청하자 사도가 즉시 화당을 청소하고 맞는데, 한림이 머리에 계수나무 꽃을 꽂고 홍패(紅牌)와 한림 유지(諭旨)를

드리고 화동(花童)과
악공(樂工)이 각색 풍
류를 울리며 사도께 뵈니, 풍채
가 아름답고 예의를 지키는 태
도나 행동이 거룩하여 사도가 기
쁨을 이기지 못하였다.
춘운이 시비들을 불러 물었다.
"이전에 거문고를 타던 여관이 아름답다 하더니 양
한림과 어떠하더냐?"
모두들 이르기를,
"그 여관의 얼굴과 아주 비슷합니다."
춘운이 들어가 소저의 눈이 정확했음을 말하였다.
사도가 한림에게 말하였다.
"나는 팔자가 기구하여 아들이 없고 다만 딸자식이
있는데 혼처를 정하지 못하였으니 한림이 내 사위
가 됨이 어떠한가?"
한림이 일어나 절하고 말하였다.
"소자가 경성에 들어와 소저의 요조(窈窕)한 얼굴과
그윽한 재주와 덕행은 일찍이 들었지만, 문벌이 하
늘과 땅 사이처럼 다르고 인품이 봉황과 오작 같사
오니 어찌 바라겠습니까마는 버리지 아니하시면 하

늘 같은 은덕으로 여기겠습니다."

사도가 크게 기뻐하여 술과 안주로 대접하였다.

한참 후에 부인이 소저를 불러 말하였다.

"새로 장원으로 뽑힌 양한림은 만인이 칭찬하는 바이다. 네 부친이 이미 혼인을 허락하셨으니 우리 부부가 몸을 의탁할 곳을 얻었구나. 이제 무슨 근심이 있겠느냐."

소저가 말하였다.

"시비의 말을 들으니 양한림이 전에 거문고를 타던 여인과 비슷하다 하던데 그러합니까?"

부인이 말하였다.

"그래, 내가 그 여관을 사랑하여 다시 보고자 하였지만 자연 일이 많아 못하였는데, 오늘 양한림을 보니 그 여관을 다시 본 듯하여 즐거운 마음을 금하지 못하였구나."

"양한림이 비록 아름다우나 소저에게 거리낌이 있사오니 더불어 혼인함이 마땅치 아니합니다."

부인이 크게 놀라 말하였다.

"너는 재상가 규중의 처녀이고 양한림은 회남 땅

사람인데 무슨 거리낌이 있겠느냐?"

소저가 말하였다.

"소녀가 말씀을 드리기 부끄러워 모친께 아뢰지 못하였지만 오늘 본 양한림은 이전에 거문고를 타던 여관입니다. 간사한 사람의 꾀에 빠져 종일 말을 주고받았으니 어찌 거리낌이 없겠습니까?"

부인이 미처 대답도 못하고 있을 때, 사도가 한림을 보내고 바삐 들어와 소저를 불러 말하였다.

"경패야, 오늘날 용을 타고 하늘에 올라가는 경사를 보았으니 어찌 기쁘지 아니하겠느냐."

부인이 소저가 거리끼는 이유를 아뢰자, 사도가 크게 웃으며 말하였다.

"양랑은 진실로 만고의 풍류 남자로다. 옛적 왕유(王維)도 악공이 되어 태평공주(太平公主)의 집에 들어가 비파(琵琶)를 타고 돌아와 장원급제하여 만고에 칭찬이 오래 전하였는데, 이제 한림이 또 그러하였으니 기이한 일이로다. 또 너는 여관을 본 것이지 한림을 본 것이 아니니 무슨 거리낌이 있느냐?"

소저가 말하였다.

"소저가 욕먹기는 부끄럽지 아니하오나, 제가 어질지 못하여 남에게 속은 것이 한이 됩니다."

사도가 웃으며 말하였다.

"그것은 늙은 아비가 알 바가 아니다. 훗날 양한림에게 물어보아라."

사도가 부인에게 말하였다.

"올 가을에 한림의 대부인을 모셔온 후 혼례는 행하겠지만 납채(納采, 혼인할 때 사주단자의 교환이 끝난 후 정혼이 이루어진 증거로 신랑 집에서 신부 집으로 보내는 예물)는 먼저 받을 것이오. 즉시 택일(擇日)하여 납채를 받고 한림을 데려와 화원 별당(別堂)에 두고 사위의 예로 대접할 것이오."

하루는 부인이 한림의 저녁 반찬을 장만하는데 소저가 보고 말하였다.

"한림이 화원에 오신 후로 의복과 음식을 친히 염려하시니 소저가 그 괴로움을 대신하고자 하나 인정(人情)이나 예법(禮法)에 맞지 않아 못하지만, 춘운이 이미 장성하여 족히 온갖 일을 다 할 수 있으니 화원에 보내어 한림을 섬기게 하여 노친의 수고를 덜까 합니다."

부인이 말하였다.

"춘운이 무슨 일을 못하겠느냐마는 춘운의 얼굴과 재주가 너와 진배없으니, 먼저 한림을 섬기면 반드시 부인의 권한을 빼앗아 갈까 염려되는구나."

소저가 말하였다.

"춘운의 뜻이 소저와 함께 한 사람을 섬기고자 하는 것이니 따르지 아니할 이유가 없을 것이고, 또 춘운을 먼저 보내면 권한을 빼앗길까 염려하시지만, 한림이 나이 어린 서생으로 재상가 규방(閨房)에 들어와 처녀를 희롱할 정도니 그 기상이 어찌 한 아내만 지키어 늙겠습니까? 훗날 승상부(丞相府)의 큰 벼슬을 할 때 춘운 같은 자색이 몇이나 될 줄을 알겠습니까?"

부인이 사도께 고하자, 사도가 말하였다.

"어찌 젊은 남자로 하여금 빈방 촛불만 벗 삼게 하겠소."

이날 소저가 춘운에게 말하였다.

"춘랑아, 내 너와 어려서부터 형제같이 지냈는데 나는 이미 한림의 납채를 받았거니와 너도 나이가 자랐으니 백년대사를 염려해야 할 것이다. 어떤 사람을 섬기고자 하느냐?"

춘운이 말하였다.

"소저는 어찌 그런 말씀을 하시옵니까? 첩은 소저를 따라 한 사람을 섬기고자 하오니, 원컨대 소저는 저를 버리지 마십시오."

소저가 말하였다.

"내 본디 춘랑의 뜻을 안다. 그래서 의논코자 하는데 이렇게 함이 어떠하냐? 한림이 거문고 한 곡조로 규중처녀를 희롱하였으니 그 욕이 중하구나. 우리 춘랑이 아니면 누가 나를 위하여 그 분을 풀어 주겠느냐?

종남산(終南山) 자각봉(紫閣峯)은 산이 깊고 경개가 좋다. 너를 위하여 별도의 작은 방을 지어 화촉을 베풀고, 또 사촌인 십삼낭(十三郎)과 기특한 꾀를 내면 내 부끄러움을 씻게 될 것이다. 춘랑은 한번 수고를 아끼지 말라."

춘운이 말하였다.

"소저의 말씀을 어찌 사양하겠습니까마는 후일에 무슨 면목으로 한림을 뵙겠습니까?"

소저가 말하였다.

"군사의 무리는 장군의 명령만 듣는다 하였는데, 춘랑은 한림만 두려워하는구나."

춘랑이 웃으며 말하였다.

"죽기도 피하지 않는데 소저의 말씀을 어찌 좇지
아니하겠습니까?"

한림이 한가한 날이면 술집에 가 술도
마시며 기생도 구경했는데,
하루는 정십삼이 와서 한림
에게 말하였다.
"종남산 자각봉의 산천이 아름답고 경개가 좋으니
한번 구경함이 어떠하오?"
한림이 말하였다.
"바로 내 뜻입니다."
하고, 술과 안주를 준비하여 갔다.
한 곳에 도착하니 꽃과 풀은 흐드러지게 피어 있고
온갖 꽃은 아리따운데, 문득 시냇물에 꽃이 떠내려
오는 것을 보고 한림이 말하였다.
"반드시 무릉도원(武陵桃源)이 있을 것이다."
정생이 말하였다.
"이 물이 자각봉에서 내려오는데, 일찍이 들으니
꽃 피고 달 밝은 때에는 신선의 풍류 소리가 있어
들은 사람이 많다 하지만, 나는 신선(神仙)과의 연
분이 없어 한번도 구경치 못하였으니 오늘 형과 함

께 올라가 신선의 자취를 찾고자 합니다."

그때 갑자기 정생의 종이 바삐 와 아뢰었다.

"부인의 병이 중하오니 상공을 어서 오시라 합니다."

정생이 탄식하며 말하였다.

"과연 신선과의 연분이 없도다. 인연이 이러하여 가지만 양형은 신선을 찾아보고 오시오."

하고 가자, 한림이 흥을 이기지 못하여 혼자 올라가다가 물 위에 나뭇잎이 떠내려 와 건져보니 글씨가 써 있다.

'仙尨雲外吠, 知是楊郞來(선방운외폐, 지시양랑래)

신선의 개가 구름 밖에서 짖으니, 알겠도다, 양랑이 오는구나.'

한림이 크게 놀라 말하였다.

"이는 반드시 신선의 글이다."

하고, 층암절벽으로 올라가니, 이때 날이 저물고 달이 밝아 길은 험하고 의탁할 곳이 없어 배회하는데, 갑자기 푸른 옷을 입은 선동(仙童)이 시냇가의 길을 쓸다가 한림을 보고 고개를 돌리어,

"양랑이 오셨습니다."

하거늘, 한림이 더욱 놀라 어린 선녀(仙女)를 따라가니 층암절벽 위에 한 정자가 있어 온갖 화초가 만발하고 앵무새, 공작이며 두견새 소리가 낭자하니 진실로 선경(仙境)이었다.

한림이 마음이 황홀하여 들어가니 비단 장막에 공작 병풍을 둘렀는데 한 선녀가 촛불을 밝게 켜고 서 있다가 한림께 나와 예를 올린 후에 말하였다.

"양랑께서는 어찌 이제야 오십니까?"

한림이 대답하였다.

"소생은 인간 사람이라 신선과 약속할 연분이 없는데 어찌 더디다 하십니까?"

선녀가 말하였다.

"한림은 의심치 마십시오."

하고, 여동을 불러 말하였다.

"낭군께서 멀리서 오셨으니 급히 차를 드려라."

하니, 여동이 즉시 백옥 쟁반에 신선의 과일을 배설하고 유리잔에 자하주(紫霞酒)를 부어 권하니 그 술이 인간 세상의 술과 달랐다.

한림이 말하였다.

"선녀는 무슨 일로 요지(瑤池)의 무한한 경개를 버

리고 이 산중에 와 외로이 머무십니까?"

선녀가 탄식하여 말하였다.

"옛 일이 꿈만 같아 생각하면 슬픕니다. 첩은 서왕모(西王母)의 시녀로서 광한궁(廣寒宮)의 잔치 때 낭군이 첩을 보고 희롱했다 하여, 옥황상제(玉皇上帝)께서 진노하시어 낭군은 중죄하여 인간으로 귀양 보내고 첩은 경한 죄로 이 산중에 와 있는데, 낭군이 화식(火食, 불에 익힌 음식을 먹음)을 하신 까닭에 전생 일을 알지 못하시는군요.

상제께서 첩의 죄를 용서하셔서 곧 승천하라는 분부가 계셨지만 낭군을 만나 전생의 회포를 풀고자 하는 까닭에 아직 머물렀으니 한림은 의심치 마십시오."

한림이 이 말을 듣고 선녀의 손을 이끌어 침소로 들어가 오랫동안 바라던 회포를 다 풀기도 전에 사창(紗窓)이 밝아왔다.

선녀가 한림에게 말하였다.

"오늘은 첩이 승천할 날이어서 모든 선관(仙官)이 첩을 데리러 올 것이니 낭군은 오래 머물지 못하실 것입니다."

하고, 어서 가기를 재촉하며 말하였다.

"낭군이 첩을 잊지 아니 하신다면 다시 만나 뵈올 날이 있을 것입니다."
하며, 수건에 이별시를 써 한림에게 주었다.

相逢花滿天 (상봉화만천)
相別花在水 (상별화재수)
春光如夢中 (춘광여몽중)
流水杳千里 (유수묘천리)

서로 만남에 꽃이 하늘에 가득하고
서로 헤어짐에 꽃이 물에 떨어지네.
봄빛은 꿈과 같고
흐르는 물은 아득히 천리를 달리네.

이에 한림이 옷소매를 떼어 그 글에 화답하였다.

天風吹玉珮 (천풍취옥패)
白雲何離離 (백운하리리)
巫山他夜雨 (무산타야우)
願濕襄王衣 (원습양왕의)

하늘의 바람이 옥패를 부니
흰 구름 어찌 그리 흩어지는가
무산의 다른 밤비
양왕의 옷이나 적시었으면

선녀가 그 글을 보고 눈물을 지으며 말하였다.

"서산에 달이 지고 두견이 슬피 우니 한번 이별하면 구만 장천 구름 밖에 이 글귀뿐이군요."

하고, 글을 받아 품에 품고 재삼 재촉하였다.

"때가 점점 늦어지니 낭군은 어서 가십시오."

한림이 선녀의 손을 잡고 눈물로 이별하니 그 애련한 정은 차마 보지 못할 바였다.

한림이 집에 돌아오니 자각봉의 많은 화초가 두 눈에 삼삼하고 선녀의 말소리는 두 귀에 쟁쟁하니 꿈을 깬 듯하여 탄식해 말하였다.

"거기서 잠깐 몸을 숨겨 선녀의 가는 모습을 못 본 것이 한이다."

이렇듯 선녀를 잊지 못하고 있을 때, 정생이 돌아와서 한림에게 말하였다.

"어제 집사람의 병으로 형과 함께 선경을 구경치 못하여 한이 되었으니 다시 한번 놀아봄이 어떠하오?"

한림이 크게 기뻐하며 선녀가 있던 곳이나 보고자 하여 술과 안주를 가지고 성 밖에 나와 보니 녹음방초(綠陰芳草)가 꽃보다 아름다운 초여름이었다.

한림과 정생이 술을 부어 마시는데 길가에 퇴락한 무덤이 있어 한림이 잔을 잡고 탄식하여 말하였다.

"슬프다, 사람이 죽으면 다 저러하구나."

정생이 말하였다.

"형은 저 무덤을 알지 못할 것이오. 옛 장녀랑(張女娘)의 무덤이라. 장녀랑의 얼굴과 재덕이 만고에 으뜸이었는데 나이 이십 세에 죽자, 후세 사람들이 불쌍히 여겨 그 무덤 앞에 화초를 심어 망혼을 위로하니, 우리도 마침 이곳에 왔으니 한 잔 술로써 위로함이 어떠하오?"

한림은 다정한 사람이라

"형의 말씀이 옳소. 한 잔 술을 아끼겠는가?"

하고, 각각 제문(祭文)을 지어 한 잔 술로 위로하였다.

이때 정생이 무덤을 돌아다니다가 문득 비단 적삼 소매에 쓴 글을 찾아 가지고 읊으며 말하였다.

"어떤 사람이 이 글을 지어 무덤 구멍에다 넣었는 가?"

한림이 살펴보니 자각봉에서 선녀와 이별하던 글인 지라 크게 놀라 말하였다.

"그 미인이 선녀가 아니라 장녀랑의 혼이었구나!"

하니 땀이 나 등이 젖고 머리털이 하늘로 솟았다. 정생이 없는 때를 타 다시 한 잔 술을 부어 가만히 빌어 말하였다.

"비록 유명(幽明)은 다르지만 정은 같으니 혼령을 다시 보고 싶소."

하고, 정생을 데리고 돌아왔다.

이날 밤 한림이 화원 별당에 앉아 있는데 창 밖에 발자취 소리가 나 문을 열어보니 자각봉 선녀였다. 한편으로 반갑고 한편으로는 놀라 옥 같은 손을 이 끌자 미인이 말하였다.

"첩의 근본을 낭군이 아셨으니 더러운 몸이 어찌 가까이하겠습니까? 처음에 낭군을 속인 것은 놀라 실까 하고 선녀라 하여 하룻밤을 모셨던 것인데, 오늘 첩의 무덤을 찾아와 제사를 올리고 술을 부으 셨으니 즐거웠고, 또 제문을 지어 임자 없는 그 혼 을 이같이 위로하시니 어찌 감격치 않겠습니까? 은

공을 잊지 못하여 은혜에 보
답하러 왔지만 더러운 몸
으로는 다시 상공을 모시
지 못하겠습니다."

한림이 다시 소매를 잡고
말하였다.

"사람이 죽으면 귀신이 되고 환생하면 사람이 되는
그 근본은 한가지라. 유명은 다르나 연분을 잊을
수 있겠는가?"

하고, 허리를 안고 들어가니 연모하는 정이 전날보
다 백배나 더하였다.

한참 후에 날이 새었다.

미인이 말하였다.

"첩은 날이 밝으면 출입을 못합니다."

한림이 말하였다.

"그러하면 밤에 만나기로 하지."

미인이 대답하지 아니하고 꽃밭 속으로 들어갔다.

이후부터는 밤마다 왕래하였다.

하루는 정생이 두진인(杜眞人)이란 사람을 데리고
화원에 들어가니 한림이 일어나 예를 올린 후에 정

생이 말하였다.

"진인께서는 한림의 관상을 한번 보십시오."

진인이 말하였다.

"한림의 관상은 두 눈썹이 빼어나 눈초리가 귀밑까지 갔으니 정승이 될 상이요, 귀밑이 분을 바른 듯하고 귓밥이 구슬을 드린 듯하니 어진 이름이 천하에 진동할 것이요, 권골(權骨)이 낯에 가득하니 병권(兵權)을 잡아 만리 밖에 봉후(封侯)할 관상이지만 한 가지 흠이 있습니다."

한림이 말하였다.

"사람의 길흉화복은 하늘이 정한 바이오."

진인이 말하였다.

"상공이 숨겨둔 첩을 가까이 하십니까?"

한림이 말하였다.

"없소이다."

진인이 말하였다.

"혹 옛 무덤을 지나다 슬픈 마음이 일어난 적이 있으십니까?"

"없소."

진인이 말하였다.

"꿈속에서 계집을 가까이 하십니까?"

"없소이다."

정생이 말하였다.

"두선생의 말씀이 한번도 그른 적이 없으니 양형은 자세히 생각해 보시오."

한림이 대답치 아니하자 진인이 말하였다.

"임자 없는 여귀신이 한림의 몸에 어리었으니 여러 날이 지나지 아니하여 병이 골수에 들어 고치지 못할 것입니다."

한림이 말하였다.

"진인의 말씀이 그러면 어찌할 수 없지만 장녀랑이 나와 정회가 심히 깊으니 어찌 나를 해하겠는가? 옛날 초(楚)나라의 양왕(襄王)도 무산(巫山) 선녀를 만나 함께 잤고, 유춘(柳春)이라 하는 사람도 귀신과 교접하여 자식을 낳았으니 어찌 의심하며, 또 사람이 오래 살고 일찍 죽는 것은 다 하늘이 정한 것이니 내 관상이 부귀공후할 상이라면 장녀랑의 혼이 어찌하겠소?"

진인이 말하였다.

"한림은 마음대로 하십시오."

하고 갔다.

한림이 술이 취하여 누웠다가 밤에 일어나 앉아 향을 피우고 장녀랑 오기를 기다리는데, 갑자기 창밖에서 슬프게 말하는 소리가 있어 가만히 들어보니 장녀랑의 소리였다.

장녀랑이 울며 말하였다.

"괴상한 도사의 말을 듣고 첩을 오지 못하게 하니 어찌 이리 박절하십니까?"

한림이 크게 놀라 말하였다.

"어찌 들어오지 못하는가?"

여랑이 말하였다.

"나를 오게 하신다면 왜 부적을 머리에 붙이셨습니까? 저는 이제부터 영원히 이별하니 낭군은 옥체를 편안히 보전하십시오."

한림이 머리를 만져보니 과연 귀신을 쫓는 부적이었다. 한림이 크게 화가 나서 부적을 찢고 문을 열었으나 여랑은 이미 간곳이 없었다.

한림이 쓸쓸한 빈방에 혼자 누워 잠도 이루지 못하고 음식도 먹지 못하니 자연 병이 되어 얼굴이 파리해지고 말았다.

하루는 사도 부부가 큰 잔치를 열고 한림을 청하여
놀다가 사도가 말하였다.

"양랑의 얼굴이 어찌 저토록 초췌한가?"

한림이 말하였다.

"정형과 술을 과히 먹어 술병인가 합니다."

사도가 말하였다.

"종의 말을 들으니 어떤 계집과 함께 잔다 하던데
그러한가?"

한림이 말하였다.

"화원이 깊은데 누가 들어오겠습니까?"

정생이 말하기를,

"형이 어찌 아녀자같이 부끄러워하는가? 형이 두진
인의 말을 깨닫지 못하기에, 축귀 부적을 형의 상
투 안에 넣고 그날 밤에 꽃밭 속에 앉아서 보았는
데, 어떤 계집이 울며 창 밖에 와 하직하고 가니
과연 두진인의 말이 그르지 아니하였소."

라 하자, 한림이 속이지 못하고 말하였다.

"실은 소자에게 괴이한 일이 있습니다."

하고, 전후의 사정을 아뢰자 사도가 웃으며 말하였
다.

"나도 젊었을 때 부적을 배워 귀신을 낮에도 불러

오게 하였는데, 이제 양랑을 위하여 그 미인을 불러 생각하는 마음을 위로하겠다."

한림이 말하였다.

"장인어른께서 비록 도술이 용하시나 귀신을 어찌 낮에 부르시겠습니까? 소자를 희롱하시는군요."

사도가 총채로 병풍을 치며 말하였다.

"장녀랑은 있느냐?"

하자, 한 미인이 웃음을 머금고 병풍 뒤에서 나오는데 한림이 눈을 들어 보니 과연 장녀랑이었다. 마음이 황홀하여 사도께 아뢰어 말하였다.

"저 미인이 귀신입니까, 사람입니까? 귀신이면 어찌 대낮에 나옵니까?"

사도가 말하였다.

"저 미인의 성은 가씨요, 이름은 춘운이다. 한림이 적조한 빈방에 외로이 있음이 민망하여 춘운을 보내어 위로하기 위함이었다."

한림이 말하였다.

"위로함이 아니라 희롱하심입니다."

정생이 말하였다.

"양형은 스스로 화를 입은 것이니 이전의 허물을 생각하시오."

한림이 말하였다.

"나는 지은 죄 없는데 무슨 허물이라 하시오?"

정생이 말하였다.

"사나이가 계집이 되어 삼 척 거문고로 규중처녀를 희롱했으니 사람이 신선이 되고 귀신이 되는 것도 이상하지 않습니다."

이즈음 한림이 고향에서 대부인을 모셔와 혼례를 지내고자 했는데, 그때 토번(吐蕃)이란 도적이 변방에 쳐들어와 하북(河北)을 나누어 연(燕)나라, 위(魏)나라, 조(趙)나라가 되어 난을 일으키니 천자가 진노하여 조정 대신을 불러 의논하자 양소유가 임금 앞에 나아가 아뢰었다.

"옛날 한무제(漢武帝)는 조서(詔書)를 내려서 남월(南越)왕의 항복을 받았으니, 원컨대 폐하는 급히 조서하여 천자의 위엄을 보이십시오."

천자가,

"현명하다!"

하시고, 즉시 한림에게 명하여 조서를 만들어 세 나라에 보내니 조왕과 위왕은 즉시 항복하고 무명 천 필을 바쳤지만, 오직 연왕은 땅이 멀고 군병이 강해 항복하지 아니하였다.

천자가 한림을 불러 말하였다.

"선왕(先王)이 십만 군병으로도 항복 받지 못한 나라를 한림은 짧은 글로써 두 나 라를 항복 받고 천자의 위엄을 만 리 밖에 빛나게 하니 어찌 아름답지 아니 하겠는가?"

비단 이천 필과 말 오십 필을 상으로 내리니 한림 이 삼가 사양하며 말하였다.

"모두 다 현명한 임금의 덕이오니 소신이 무슨 공 이 있겠습니까? 연왕이 항복하지 아니함은 나라의 부끄러움이니, 청하건대 군사를 이끌고 연국에 가 연왕을 달래어 듣지 아니하면 연왕의 머리를 베어 오겠습니다."

천자가 장히 여겨 허락하시고 병부(兵符)를 주시니 한림이 임금의 은혜에 감사하며 경건하게 절하고 나와 정사도께 하직하려 하자, 사도가 말하였다.

"슬프다, 양랑이 십육 세 서생으로 만 리 밖에 가

니 노부(老夫)의 불행이다. 내 늙고 병들어 조정 의
논에 참여치 못하나 상소하여 만류코자 한다."
한림이 말하였다.

"장인께서는 과히 염려치 마십시오. 연나라는 솥에
든 고기요, 구멍에 든 개미인데 무슨 염려를 하겠
습니까?"
부인이 말하였다.

"좋은 사위를 얻은 후로 늙은이들이 위로를 받았는
데 이제 어찌 될지 알 수 없는 땅에 가니 어찌 슬
프지 아니하겠는가? 바라건대 빨리 성공하고 돌아
오시오."
한림이 화원에 들어가 행장을 차려 떠나려 할 때,
춘운이 소매를 잡고 눈물을 흘리며 말하였다.

"상공이 한림원에 계셔도 밤
에 잠을 이루지 못하는데 이
제 만 리 밖에 가시니 불 밝
히며 울까 합니다."
한림이 웃으며 말하였다.

"대장부는 나라 일을 당하면 생사를 돌아보지 아니
하는데 어찌 사사로운 감정을 생각하겠는가? 춘랑
은 부질없이 슬퍼하여 꽃 같은 얼굴을 상하게 말고

소저를 편히 모시면서 내가 공을 세워 허리에 말
같은 인(印)을 차고 돌아오기를 기다리라."
하고 떠나갔다.

한림이 십육 세 소년으로 옥절(玉節)을 가지고 병부
(兵符)를 차고 비단옷을 입고 위의가 늠름하게 낙양
땅을 지날 때, 낙양 태수와 하남 부윤(河南府尹)이
앞길을 인도하여 맞으니 광채가 비할 데 없었다.
한림이 서동을 보내어 낙양의 계섬월을 찾으니 섬
월이 산중에 들어간 지 오래였다. 한림이 섭섭한
마음을 금치 못하여 객관에 들어가 촛불만 벗을 삼
고 앉았다가, 날이 새니 글을 지어 벽 위에 쓰고
갔다.

雨過天津柳色新 (우과천진류색신)

風光宛似去年春 (풍광완사거년춘)

可憐駟馬歸來遲 (가련사마귀래지)

不見當樓如玉人 (불견당루여옥인)

천진에 비 내리니 버들 빛이 새롭구나.

풍경은 완연히 지난 봄 그대로인데

가엾도다, 수레 타고 늦게 돌아왔더니

누각에 이르러도 옥 같은 사람 볼 수가 없네.

연국에 이르니 그 땅 사람들은 먼 변방에 있어 천자의 위엄을 보지 못하였다가, 한림 행차를 보고는 두려워 하며 음식을 많이 장만하여 군사를 먹이고 사례하였다.

한림이 연왕을 보고 천자의 위엄을 베푸니, 연왕이 즉시 땅에 엎드려 항복하고 황금 일만 냥과 명마 백 필을 바쳤지만 한림이 받지 아니하고 돌아왔다.

한단(邯鄲) 땅에 이르러서 나이 어린 서생이 혼자 말을 타고 행차를 피하여 길가에 섰는데, 한림이 자세히 보니 얼굴은 반악(潘岳, 중국 서진의 문인. 미남의 대명사로 쓰임) 같고 풍채와 거동이 비범하여 객관으로 불러서 소년에게 물었다.

"내 천하를 두루 다니며 보았지만 그대 같은 사람을 보지 못하였으니 성명이 무엇인가?"

소년이 대답하여 말하였다.

"소생은 하북 사람입니다. 성은 적씨요, 이름은 생이라 합니다."

한림이 말하였다.

"내 어진 선비를 얻지 못하여 세상의 일을 의논치 못하였는데 그대를 만나니 어찌 즐겁지 아니하겠는가?"

적생이 말하였다.

"저는 초야에 묻혀 있어 견문이 없지만 상공께서
버리지 아니하시면 평생 모시기를 소원합니다."

한림이 적생을 데리고 산수풍경을 구경하고 낙양
객관에 다다랐다.

계섬월이 높은 누각 위에
올라 한림의 행차를
기다리다가 한림에
게 나아가 절하고 앉
으니 한편으로는 슬프고
한편으로는 기쁨을 이기지 못하여 눈물을 흘리며
말하였다.

"첩이 상공을 이별한 후에 깊은 산중에 들어가 자
취를 감추었다가, 상공이 급제하여 한림 벼슬하신
기별만은 들었지만 그때 옥절(玉節)을 가지고 이리
지나실 줄을 모르고 산중에 있었는데, 연나라의 항
복을 받아 꽃 장식한 덮개 가마를 앞에 세우고 돌
아오실 때 천지만물과 산천초목이 다 환영하오니
첩이 어찌 모르겠습니까? 그동안 부인은 정하셨습
니까?"

한림이 말하였다.

"정사도 여자와 혼사를 정하였지만 예식은 치루지 못하였다."

하고, 그간 쌓인 회포를 풀다보니 어느덧 날이 저물었다.

한림이 홀로 서책을 읽고 있는데 서동이 급히 와서 고하였다.

"한림께서 적생을 어진 선비라 하셨는데 지금 섬월의 손을 잡고 희롱하고 있습니다."

한림이 말하였다.

"적생은 본디 어진 사람이라 그러지 아니할 것이요, 섬월도 내게 정성이 지극하니 어찌 다른 뜻이 있겠느냐? 네가 잘못 보았다."

서동이 겸연쩍어 물러갔다가 한참 후에 다시 와 고하였다.

"상공께서 제 말을 요망하다 하시어 다시 아뢰지 못하겠으니, 원컨대 상공께서 잠깐 가서 보십시오."

한림이 난간에 숨어 거동을 보니 과연 적생이 섬월의 손을 잡고 희롱하거늘, 무슨 말을 하는지 듣고자 하여 나아가니 적생이 갑자기 한림을 보고 놀라 도망하고, 섬월도 부끄러워 말을 못하자 한림이 말하였다.

"섬랑아, 네가 적생과 친한 사이였느냐?"

섬월이 말하였다.

"실은 첩이 적생의 누이와 결의형제하여 그 정이 동기 같았는데 적생을 만남에 반가워 안부를 물었는데 상공께서 보시고 의심하시니 첩의 죄가 백번 죽어도 아까울 것이 없습니다."

한림이 말하였다.

"내 어찌 섬랑을 의심하겠는가? 어진 사람만 잃었으니 내 잘못이다."

하고, 그 밤에 섬월과 함께 잤는데 닭이 울어 날이 샜다. 섬월이 먼저 일어나 촛불을 돋우고 단장하는데 한림이 눈을 들어보니 밝은 눈과 고운 태도가 섬월이었으나 자세히 보면 또 아니었다.

한림이 놀라 물어 말하였다.

"그대는 어떤 사람인가?"

대답하여 말하였다.

"첩은 본디 하북 사람입니다. 제 성명은 적경홍으로 섬랑과 함께 결의형제한 사이였는데, 오늘 밤 섬랑이 마침 병이 있노라 하고 저에게 상공을 모시라 하거늘 첩이 마지못하여 모셨습니다."

말을 맺기도 전에 섬월이 문을 열고 말하였다.

"상공께서 새 사람을 얻었으니 축하드립니다. 첩이 일찍이 하북의 적경홍을 상공께 천거하였었는데 실제로 보니 어떠십니까?"

한림이 말하였다.

"듣던 말보다 훨씬 낫도다. 어제 적생의 누이가 있다 하더니 그러하냐? 얼굴이 아주 같구나."

경홍이 말하였다.

"첩은 본디 동생이 없습니다. 첩이 바로 적생입니다."

한림이 오히려 의심하여 말하였다.

"홍랑은 어찌 남자의 복장을 하고 나를 속였느냐?"

경홍이 말하였다.

"첩은 본디 연왕의 궁중 사람입니다. 재주와 얼굴이 남보다 못하나 평생에 대인군자를 섬기는 것이 소원이었는데, 지난번에 연왕이 상공을 맞아 잔치할 때, 첩이 벽 틈으로 상공의 기상을 잠깐 본 후에 정신이 혼란하여 호화로운 생활이 다 하찮게 보여 상공을 따라 좇고

자 하였지만, 구중궁궐(九重宮闕)을 어찌 나오며 천
리만리를 어찌 따르겠습니까? 죽기를 무릅쓰고 연
왕의 천리마를 도적질해 타고 남자의 복장을 하여
상공을 따라 왔으니, 진심으로 상공을 속이려 한 일
은 아니지만 엎드려 사죄합니다."
한림이 섬월을 시켜 위로하였다.
이날 한림이 떠나려 하니, 섬월과 경홍이 말하였다.
"상공이 부인을 얻으신 후에 첩들이 모실 날이 있
으니 상공은 평안히 행차하십시오."

연왕에게 항복 받은 문서와 조공 받은 보화를 다 경
성으로 들여가자, 황제가 크게 기뻐하여 말하였다.
"양한림이 승전(勝戰)하고 왔다!"
하고, 모든 관리들을 보내어 맞아들여와 상을 내리
고 예부상서(禮部尚書)에 봉하였다. 한림이 은혜에
깊이 감사드리고 물러나와 정사도 집에 가 뵈니,
사도가 반가움을 이기지 못하여 말하였다.
"만리타국에 가 성공하고 벼슬을 돋우시니 우리 집
의 복이로다."
한림이 화원에 나와 춘운에게 소저의 안부를 묻고
귀한 정을 나누기를 이루 다 헤아리지 못하였다.

하루는 한림원에서 난간에 지어 붙인 글귀를 읊으
며 달을 구경하는데, 갑자기 바람결에 통소 소리가
들려 하인을 불러 물었다.

"이 소리가 어디서 나느냐?"

하인이 대답하였다.

"확실히는 모르겠지만 달이 밝고 바람이 순하면 때
때로 들립니다."

한림이 백옥 통소를 내어 한 곡조를 부니 맑은 소
리가 청천에 사무쳐 오색구름이 사면에 일어나며
청학과 백학이 공중에서 내려와 뜰에서 춤을 추었
다. 이를 보고 사람들이 기이하게 여겨 말하였다.

"옛날 왕자 진(晉)이라도 미치지 못할 것이다."

황태후에게는 두 아들과 한 딸이 있는데 맏아들은
천자요, 둘째는 월왕이고, 또 딸은 난양공주다.

공주가 태어날 때 태후는 꿈에 신선의 꽃과 붉은

진주를 보았다. 공주는 자라면서 옥 같은 얼굴과 난초 같은 태도가 세속 사람이 아니요, 민첩한 재주와 고아한 풍채는 천상의 신선이라 태후가 가장 사랑하셨다.

어느 해 서역국(西域國)에서 백옥 통소를 진상하였는데 악공을 시켜 불라고 하였지만 소리를 내지 못하였다.

공주가 밤에 꿈을 꾸니 어떤 선녀가 한 곡조를 가르치기에, 꿈을 깨어 그 통소를 불어보니 소리가 청아하여 세상에 듣지 못하던 곡조였다. 황제와 태후가 좋아하여 항상 달 밝은 밤이면 불게 하니, 그때마다 청학이 내려와 춤을 추었다.

태후와 황제는 매일같이 말하였다.

"난양이 자라면 신선 같은 사람을 얻어 부마(駙馬)를 삼을 것이다."

히였는데, 이날 밤 공주의 통소 소리에 춤추던 학이 한림원에 가서 춤을 추었다.

그 후에 궁인이 이 말을 전파하니 황제가 듣고 기특히 여겨 말하였다.

"양소유가 진실로 난양의 배필이로다."

하고, 태후께 들어가 아뢰었다.

"예부상서 양소유의 나이가 난양과 서로 비슷하고 재주와 얼굴이 모든 신하 중에 으뜸이니 부마를 정할까 합니다."

태후가 크게 기뻐하여 말하였다.

"소화(簫和)의 혼사를 정하지 못하여 밤낮으로 염려하였는데 양소유는 진실로 하늘이 정해준 소화의 배필이니 내가 양상서를 만나 청하고자 하오."

황제가 말하였다.

"어렵지 아니하니 양상서를 불러 별전(別殿)에 앉히고 문장을 의논할 때, 태후께서는 주렴 속에서 보시면 되실 것입니다."

태후가 크게 기뻐하였다.

난양의 이름은 소화인데 그 통소에 그렇게 새겨져 있어서 이름을 붙인 것이다.

천자가 환관을 보내어 예부상서를 부르자, 환관이 정사도의 집에 가 물으니 상서가 없었다.

환관이 급히 찾아보니 상서가 정십삼과 함께 장안 술집에 가 술에 흠뻑 취하여 있었다. 환관이 급히 명패(命牌, 임금이 버슬아치를 부를 때 보내던 나무패)

를 보여주니 상서가 취중에 정신을 차리지 못하여 창기(娼妓)에게 붙들려 조복(朝服)을 입고 겨우 입조(入朝)하자, 황제가 크게 기뻐하여 자리를 주시고 이어 백대 제왕의 치란흥망(治亂興亡, 나라가 잘 다스려지고 어지러움과 흥하고 망하는 것)과 만고의 문장명필을 의논할 때, 상서가 고금의 제왕들을 밝히 의논하고 문장을 차례로 헤아리니, 황제가 크게 기뻐하며 말하였다.

"내 이태백을 보지 못하여 한이었는데 경을 얻었으니 어찌 이태백을 부러워하겠는가? 짐이 글을 하는 궁녀 여남은 명 중에서 선택하여 여중서(女中書)를 봉하였는데, 경이 그 궁녀들에게 각각 글을 지어주어 그 재주를 보고자 한다."

하고, 즉시 궁녀를 명하여 백옥으로 된 책상과 유리 벼루와 금으로 만든 두꺼비 모양의 연적을 앞에 놓게 하였다.

모든 궁녀들이 차례로 늘어서 좋은 화선지와 비단

수건이며 그림 그린 부채를 들고 다투어 글을 청하
자, 상서가 취흥이 일어나 좋은 붓을 한번 휘두르
니 구름과 바람이 일어나며 용과 뱀이 뒤트는 것
같았다.

순식간에 궁녀에게 다 지어 주니 궁녀들이 그 글을
가지고 차례로 황제께 드리자, 황제가 모두 보시고
극히 아름답게 여겨 궁녀에게 명하여 어주(御酒)를
주라 하였다.

궁녀가 다투어 각각 술을 올리니 상서가 받고 주고
하여 삼십여 잔을 마신 후에 몹시 취하여 정신을
차리지 못하였다.

황제가 말하였다.

"이 글 한 구절의 값을 논하면 천금과 같다. 옛글에 '모과(木果)를 던지거든 구슬로 보답하라.' 하였으니, 너희는 무엇으로 문장을 써 준 대가를 치르겠느냐?"

이에 모든 궁녀가 봉황을 새긴 금비녀도 빼고, 흰옥과 금으로 된 노리개도 끄르며, 옥가락지도 벗어 서로 다투어 상서에게 내어 놓으니 잠깐 사이에 산같이 쌓였다.

황제가 웃으며 말하였다.

"짐은 무엇으로 상을 내리면 좋겠는가?"

하고, 환관을 시켜 황제가 쓰던 필먹과 벼루와 연적과, 궁녀들이 바친 보화를 거두어 상서의 집에 들이라 하자, 상서가 머리를 조아려 은혜에 깊이 감사하고 일어나 화원에 돌아오니 춘운이 들어와 옷을 벗기고 물어 말하였다.

"누구의 집에 가셔서 이리 취하셨습니까?"

상서가 몸을 가누지 못하고 종이, 필먹, 벼루, 연적과 봉황을 새긴 비녀, 가락지, 금 노리개를 무수히 보여 주며 말하였다.

"이 보화는 천자께서 춘랑에게 상사(賞賜, 상으로

물품을 내려 줌)하신 것이다.”

춘운이 다시 듣고자 하였으나 상서는 벌써 잠이 들
었다.

다음날 상서가 일어나 세수하는데 문지기가 급히
고하였다.

“월왕께서 오셨습니다.”

상서가 크게 놀라 신을 벗고 달려나가 맞아 윗자리
를 내어주고 물었다.

“전하께서 무슨 일로 누추한 곳에 행차하셨습니
까?”

월왕이 말하였다.

“과인이 황제의 명을 받아 왔소. 난양공주가 나이
가 찼지만 부마를 정하지 못했는데, 황제께서 상서
의 재덕을 사랑하시어 혼인을 정하고자 하십니다.”

상서가 크게 놀라 말하였다.

“소신이 무슨 재덕이 있습니까? 황제 폐하의 은혜
가 이렇듯 하오니 아뢸 말씀이 없지만 정사도 여자
와 혼인을 정하여 납폐를 한 지 삼 년이니, 원컨대
대왕은 이 뜻을 황제께 아뢰어 주십시오.”

월왕이 말하였다.

“내 돌아가 아뢰겠지만 애석하오. 상서를 사랑하던

일이 허사가 되었군요."

상서가 말하였다.

"혼인은 인륜대사이니 소신이 들어가 죄를 받겠습니다."

월왕이 즉시 하직하고 갔다.

상서가 사도께 들어가 월왕의 말을 전하니 온 집안이 다 허둥지둥하며 어쩔 줄 몰라 했다.

황태후는 상서를 보고 난 후에 크게 기뻐하여 말하였다.

"이는 하늘이 정해 준 난양의 배필이니 어찌 다른 의논이 있겠는가?"

천자가 상서의 글과 글씨를 잊지 못하여 다시 보고자 하여 대감(太監, 환관의 우두머리)에게 명하여 '즉시 거두어들이라.' 하였다.

궁녀들이 이미 그 글을 깊이 간수하였는데 한 궁녀는 상서가 글을 쓴 부채를 들고 제 침실에 들어가 슬피 울었다.

이 궁녀의 성명은 진채봉이니 화음 땅 진어사의 딸

이다. 진어사가 죽은 후에 궁의 노비가 되었는데 천자가 보고 사랑하여 후궁으로 봉하려 하자, 황후가 그 재덕을 보고 자기 권리를 휘두를까 염려하여 말하였다.

"진낭자의 재주와 행실이 족히 후궁을 봉함직하지만 그 아비를 죽이고 그의 딸을 가까이함이 옳지 아니한 듯합니다."

천자가 말하였다.

"옳다."

하고, 채봉을 불러 말하였다.

"너는 황태후 궁중에서 난양공주를 힘써 모셔라."

하고 보내자, 공주도 그 재주와 용모를 보시고 사랑하여 잠시도 떠나지 못하게 하였다.

어느 날 황태후를 모시고 봉래전에 가 뜻밖에 양상서의 글을 얻으니 상서는 진씨를 알아보지 못하였지만, 진씨는 알아보고 자연 슬픈 마음을 이기지 못하였다. 눈물을 머금고 남이 알까 두려워 부채만 들고 물러가 상서를 피하여 한 번 글을 읊으니 눈물이 그치지 않고 흘러내렸다.

진랑(秦娘)이 옛일을 생각하여 상서의 글에 화답하여 그 부채에 함께 썼는데, 태감이 급히 와서 양상

서의 글을 모아들이라 하신다 하자, 진씨가 크게
놀라 말하였다.

"미처 다시 찾으실 줄을 생각하지 못하고 그 글에
화답하여 그 부채에 썼는데 황상께서 보시면 반드
시 죄가 중할 것이니 차라리 자결하겠습니다."

하자 태감이 말하였다.

"황상이 인후하시니 굳이 죄를 묻지 아니하실 것이
요, 또 내가 힘써 구완(구원)할 터이니 염려 말고
갑시다."

진씨가 마지못하여 태감을 따라갔다.

태감이 모든 궁녀의 글을 차례로 드
리자 황제가 글마다 보시다가 진씨
의 부채에 쓴 글을 보시고 괴이하게
여겨 물었다.

"양상서의 글에 누가 화답하였느냐?"

태감이 말하였다.

"진씨의 말을 들어보니 '황상이 다
시 찾으실 줄을 모르고 외람되게 화
답하여 썼습니다.' 하고 죽으려 하기

에 소신이 만류하여 데려왔습니다."

황제가 다시 진씨의 글을 살펴보았다.

執扇團如秋月團 (환선단여추월단)
憶曾樓上對羞顏 (억증루상대수안)
初知咫尺不相識 (초지지척불상식)
悔不從君仔細看 (회부종군자세간)

비단 부채 둥글기가 가을 달 같으니,
누각 위 부끄러워하던 만남이 생각나네.
지척에서도 몰라볼 줄 미리 알았던들
님께서 자세히 보게나 할 것을.

황제가 이를 보고 말하였다.

"진씨에게 반드시 사정이 있다. 어떤 사람을 보았기에 이 글이 이러한가?"

하고, 태감을 명하여 진씨를 부르자 진씨가 들어가 섬돌 아래에 내려 머리를 조아리며 말하였다.

"소첩이 죽을죄를 지었사오니, 원컨대 빨리 죽여 주십시오."

황상이 말하였다.

"네 속이지 말고 바로 아뢰라. 어떤 사람과 사정이 있느냐?"

진씨가 눈물을 흘리며 말하였다.

"황상께서 하문(下問)하시니 어찌 속이겠습니까? 첩의 집이 망하지 아니하였을 때, 양상서가 과거를 보러 가다가 첩을 보고 〈양류사〉로 서로 화답하고 결친(結親)하기를 언약하였는데, 이번에 봉래전에서 글을 지을 때 첩은 상서를 알아보았지만 상서는 첩을 알지 못해서 슬픈 마음을 이기지 못하여 화답하였으니, 첩의 죄는 백번 죽어 마땅합니다."

상이 말하였다.

"네가 〈양류사〉를 기억하겠느냐?"

진씨가 즉시 〈양류사〉를 써서 드리니, 상이 보고
말하였다.

"너의 죄가 중하나 네 재
주가 기특하니 용서한다.
돌아가 난양을 정성으로
섬겨라."

하고, 부채를 돌려 주었다.

이날 황상이 황태후를 모셔 잔치를 하는데, 월왕이
양상서의 집에서 돌아와 정사도의 집에 이미 납폐
한 말을 고하니 황태후가 크게 노하여 말하였다.

"양상서가 조정의 체모를 생각한다면 어찌 나라의
영을 거역하는가?"

다음날 상이 양소유를 불러 말하였다.

"짐이 한 누이동생이 있는데 경이 아니면 가히 배
필 될 사람이 없어 월왕으로 하여금 경의 집에 보
냈는데 경이 정사도 집과의 혼사로써 사양한다 하
니 뜻밖의 말이로다.

예부터 부마로 정해지면 얻은 아내라도 소박하거늘

상서는 정가(鄭家) 여자에게 행례(行禮)한 일도 없어서 정가 여자는 자연히 갈 곳도 있을 것인데 무슨 해가 되겠는가?"

상서가 머리를 조아리며 말하였다.

"소신은 먼 지방 사람으로 경성에 와 몸을 맡길 곳이 없었는데 정사도의 관대함을 입어 묵을 곳을 정하고 혼인 예물을 보내어 장인과 사위의 의리를 맺고 부부의 뜻을 정하였지만, 이제까지 혼례를 행치 못한 것은 국가의 맡은 일이 많아 모친을 모셔오지 못하였기 때문이었는데, 이제 소신을 부마로 정하시면 여자는 죽기로 수절할 것이니 어찌 국정(國政)에 해롭지 아니하겠습니까?"

상이 말하였다.

"경의 딱하고 가엾은 형편은 그러하나 혼례를 행치 아니하였으니 정가 여자가 무슨 수절을 하며, 또 황태후가 경의 재덕을 사랑하여 부마로 정하고자 하시니 경은 과히 사양하지 말라. 혼인은 대사이니 어찌 소소한 사정을 생각하겠는가. 짐과 바둑이나 두자."

하고, 종일토록 바둑을 두다가 나오니 정사도가 상서를 보고 슬픈 빛을 가득 띠고 말하였다.

"오늘 황태후께서 전교(傳敎)하시어 '양상서의 납채(納采)를 빨리 내어주라. 아니면 큰 벌이 있을 것이다.'라고 하시기에 납채를 화원에 내어 보냈으니 우리 집 앞일이 걱정이다. 나는 겨우 부지하겠지만 늙은 처는 병이 되어 정신을 차리지 못하니 이런 사정이 있는가?"

상서가 어안이 벙벙하여 말을 못하다가 한참 후에 입을 열었다.

"제가 상소하여 다투면 조정에 공론(公論)이 있지 않겠습니까?"

사도가 말하였다.

"상서가 이제 상소하면 반드시 무거운 죄를 얻으려니와, 천자의 명령을 받고 나서 화원에 있게 하기가 미안하니 아무리 떠나기 서운하나 다른 데 거처를 정하는 것이 마땅하다."

상서가 대답하지 아니하고 화원으로 나가니 춘운이 눈물을 흘리며 납채를 붙들고 말하였다.

"소저의 명을 받아 상서를 모신 지 오래인데 호사다마(好事多魔)라 일이 이리 되어 소저의 혼사는 다시 바랄 것이 없으니 첩도 아주 이별하렵니다."

상서가 말하였다.

"내가 상소하여 힘써 다투겠지만 설사 허락하지 아니하신다 해도 춘랑은 이미 내게 몸을 맡겼는데 어찌 나를 버리는가."

춘운이 말하였다.

"첩이 비록 민첩하지 못하나 여필종부의 뜻을 어이 모르겠습니까마는, 첩이 어려서부터 소저와 죽고 살며 남고 모자란 것을 함께 하자고 맹세하였으니, 오늘날 상서를 모시는 것도 소저의 명입니다. 소저가 평생토록 수절하는데 첩이 어디를 가겠습니까?"

상서가 말하였다.

"소저는 동서남북 자기 뜻대로 가겠지만 춘랑이 소저를 좇아 다른 사람을 섬긴다면 여자의 정절이 있다고 할 수 있는가?"

춘운이 말하였다.

"상공은 아직도 우리 소저를 알지 못합니다. 소저가 결정한 일이 있습니다. 부모 슬하에 있다가 머리를 깎고 몸을 맑게 닦아 산문(山門)에 몸을 맡겨 일생을 지키고자 하시니 첩이 홀로 어디로 가겠습니까? 상서께서 춘운을 보고자 하시거든 납채를 우

리 소저의 방으로 보내십시오. 그렇게 하지 아니하
시면 죽어 후세에서나 다시 뵙겠습니다. 바라옵건
대 상공은 오랫동안 평안히 계십시오."
하고, 뜰에 내려가 재배하고 안으로 들어갔다. 상
서가 마음이 적막하여 길게 탄식만 하였다.
이날 상서가 상소하니 그 글은 다음과 같았다.

　　　　　'한림학사 겸 예부상서 양소유
　　　　는 머리를 조아려 절하며 황제
　　　　폐하께 아룁니다.
　　　　대개 인륜은 왕정(王政)의 근본
　　　　이요, 혼인은 인륜의 대사여서
왕정을 잃으면 나라가 그릇되고 혼인을 경건히 아
니하면 가도(家道)가 망하니, 어찌 혼인으로써 삼가
왕정을 구하지 아니하겠습니까?
소신이 바야흐로 정가 여자와 혼인을 정하여 납채
하였는데 천만뜻밖에 부마로 봉하고자 하시어 황태
후의 명으로 이미 받은 납채를 내어주라 하시니 이
는 예로부터 듣지 못하던 바입니다.
원컨대 폐하께서는 왕정과 인륜을 살펴 정가와의
혼인을 허락하여 주십시오.'
황상이 보시고 태후께 아뢰니, 태후가 크게 화를

내어 '양상서를 옥에 가두라.' 하자, 조정 백관이
모두 다투어 간(諫)하였지만 듣지 아니하였다.

이때 토번(吐蕃)이 중국을 얕보아 삼만 군병을 거느
리고 변경의 군현(郡縣)을 노략하여 선봉(先鋒)이 이
미 위교(渭橋)에 이르렀다.
상이 조정 대신을 불러 의논할 때, 모두들 아뢰어
말하였다.
"양상서가 전일에도 군병을 상하지 아니하고 삼진
(三陳)을 정벌(征伐)하였으니 지금도 양상서가 아니
면 당할 사람이 없을까 합니다."
상이 말하였다.
"옳다!"
하시고, 즉시 들어가 태후께 여쭈었다.
"조정에는 양소유가 아니면 도적을 당할 사람이 없
다 하오니, 비록 죄가 있으나 국사를 먼저 생각하
십시오!"
태후가 허락하자, 즉시 사자를 보내 양상서를 불러
물었다.
"도적이 급하여 경이 아니면 제어치 못할 것이니
어찌하면 좋은가?"

상서가 대답하였다.

"신이 비록 재주가 없으나 수천 군사를 이끌고 이 도적을 파하여 죽을 목숨을 구해주신 은덕을 만분지일이나 갚을까 합니다."

상이 크게 기뻐하여 즉시 대사마(大司馬, 병조판서) 겸 대원수(총사령관)로 봉하고 삼만의 군대를 주었다.

상서가 이날 황상께 하직하고 군병을 거느려 위교로 나가, 선봉장으로 하여금 좌현왕(左賢王, 흉노의 귀족)을 사로잡으니 적의 기세가 크게 꺾여 모두 도망하거늘 쫓아가 세 번 싸워 세 번 이기고 적의 수급(전쟁에서 베어 얻은 적군의 머리) 삼만과 좋은 말 팔천 필을 얻고 승첩(勝捷, 승전)을 천자에게 보고하니 상이 크게 기뻐하여 칭찬해 마지않았다.

상서가 또 군중(軍中)에서 상소하였다.

"도적을 비록 파하였으나 저들의 땅에 들어가 멸하고 돌아오겠습니다."

상이 상소를 보시고 장히 여겨 병부상서 겸 대원수 벼슬을 내리고 하북, 농서 지방의 병마를 다 조발

(調發, 징발)하여 양상서를 도우라 하였다.

상서가 택일하여 길을 떠날 때, 붉은 빛의 갓끈이 엄숙하고 위의가 씩씩하였다.

수일 사이에 오십여 성(城)을 항복 받고 적절산 아래에 군사를 머물게 하였는데, 갑자기 찬바람이 일어나며 까치가 진 안에 들어와 울고 가기에 상서가 말 위에서 점을 치니 흉한 것이 먼저 나타나고 뒤이어 좋은 일이 발생할 괘(卦)였다.

상서가 촛불을 밝히고 병서를 보는데 삼경(三更)쯤 되어 촛불이 꺼지며 냉기가 사람을 놀라게 하였다.

문득 한 여자가 공중에서 내려와 상서의 앞에 섰는데 손에 팔 척의 비수를 들고 얼굴이 눈빛 같았다.

상서가 자객인 줄 알고 안색을 바꾸지 않은 채 물어 말하였다.

"처자는 어떤 사람이기에 밤에 군중(軍中)에 들어왔느냐?"

대답하여 말하였다.

"저는 토번국 찬보(贊普)의 명으로 상서의 머리를 베러 왔소!"

상서가 웃으며 말하였다.

"대장부가 어찌 죽기를 두려워하겠는가."

안색이 편안하자 그 여자는 칼을 땅에 던지고 머리를 조아려 말하였다.

"상서는 염려치 마십시오."

상서가 붙들어 일으키고 물었다.

"어찌 나를 해치지 아니하는가?"

여자가 대답하여 말하였다.

"첩은 양주(楊洲) 사람 심요연입니다. 부모를 일찍 여의고 한 도사를 따라 검술을 배웠는데, 진해월, 김채홍과 더불어 배운지 삼 년 만에 바람을 타고 번개를 좇아 천 리를 가게 되었습니다.

스승께서 혹 원수를 갚거나 사나운 사람을 죽이고자 하면 항상 해월과 채홍을 보내고 첩은 보내지 아니하여 이상히 여겨 물으니 스승께서 말씀하시기를, '어찌 네 재주가 부족하겠는가. 너는 인간 세상의 귀한 사람이다. 대당국(大唐國) 양상서의 배필이 될 것이니 어찌 사람을 살해하겠는가?' 하시어 첩이 말하였습니다. '그러면 검술을 배워 무엇 하겠습니까?' 하니 스승께서는 '양상서를 백만 군중에서 만나 연분을 맺을 것이다. 또 토번이 천하 자객을 모아들여 양상서를 죽이려 할 것이니 네 어서 나가

자객을 물리쳐 양상서를 구하라.' 하시어, 첩이 토번국에 와 모든 자객을 물리치고 왔으니 어찌 상공을 해하겠습니까?"

상서가 이 말을 듣고 크게 기뻐하여 말하였다.

"그대가 나의 위태로운 목숨을 구하고 또 몸을 허락하니 이 은혜를 어찌 갚겠는가? 낭자와 함께 백년해로하겠다."

하고, 옥장(玉帳, 장수가 거처하는 장막)에 들어가 동침하니 복파 영중(伏波營中, 큰 공을 세운 장군의 군영)에 월색이 뜰에 가득하고 옥문관(玉門關) 밖에 춘광이 향기로웠다. 기분 좋은 흥취를 어찌 헤아리겠는가.

요연이 어느 날 문득 하직하며 말하였다.

"군중은 여자가 있을 곳이 아니니 돌아가겠습니다."

상서가 말하였다.

"낭자는 세상 사람이 아니다. 기특한 꾀를 가르쳐 도적을 파해야 할 것인데, 어찌 나를 버리고 급히 가느냐?"

요연이 말하였다.

"상공의 용맹으로 패한 도적을 치는 것은 손에 침 뱉기와 같으니 무슨 염려를 하시겠습니까? 첩이 돌아가 스승을 모시고 있다가 상서께서 회군(回軍)하신 후에 가서 모시겠습니다."

상서가 말하였다.

"한 가지 묘수나 가르치고 가라."

요연이 말하였다.

"반사곡(盤蛇谷)에 가서 물이 없거든 샘을 파 군사를 먹이고 돌아가십시오."

또 무슨 말을 묻고자 했는데 문득 공중으로 올라간데없었다. 상서가 여러 장수를 불러 요연의 말을 하니 모두들 말하였다.

"장군께서 몹시 신통하시기에 천신이 와 도우신 것입니다."

상서가 군사를 거느리고 돌아올 때, 한 곳에 이르니 길이 좁아 군대가 지나기 어려웠다.

겨우 수백 리를 기어 나와 들을 만나 군대를 머물게 하니 군사가 다 목이 말라 급하였다. 마침 못의 물을 보고 먹으니 일시에 몸이 푸르게 되고 말도 못하고 죽어갔다.

상서가 크게 놀라서 문득 심요연이 말한 반사곡이

라는 말을 생각하고 즉시 샘을 팠지만 물이 나오지
않아 진을 옮기고자 하는데, 갑자기 북소리가 천지
를 진동하며 산천이 다 울리니 이는 적병이 험한
길을 막고 습격하려는 것이었다.

여러 장수와 군사가 배고픔과 목마름이 심하여 적병
을 상대할 사기가 떨어지니 상서가 크게 실망하고
옥장에 앉아 묘책을 생각하다가 잠깐 잠이 들었다.

꿈에 푸른 옷을 입은
여동(女童)이 앞에
와 서 있는데 단
정한 얼굴이 범인
(凡人)이 아니었다.

여동이 상서께 말하였다.

"우리 낭자가 한 말씀을 상서께 아뢰고자 하오니,
원컨대 상서는 잠깐 행차하십시오."

상서가 말하였다.

"너의 낭자는 어떤 사람이냐?"

여동이 대답하였다.

"우리 낭자는 동정용왕의 작은 딸이신데, 잠깐 화
를 피하여 여기에 와 있습니다."

상서가 말하였다.

"용녀(龍女)는 수부(水府)에 있고 나는 세상 사람인데 어떻게 가겠는가?"

여동이 말하였다.

"말을 진문(陣門) 밖에 매어 두었으니 그 말을 타시면 자연 가실 수 있을 것입니다."

상서가 말을 타고 여동을 따라 한참 들어가니 궁궐이 장엄하고 화려하였다.

여동 여러 사람이 나와 상서를 맞아 백옥으로 꾸민 의자에 앉히거늘, 상서가 사양치 못하여 앉았더니 시녀 수십 명이 한 낭자를 모시고 나오는데 아리따운 태도와 씩씩한 거동은 이루 형언하기 어려웠다.

시녀가 상서께 고하기를,

"우리 낭자가 상서께 예로써 알현(謁見)합니다."

상서가 놀라 일어나고자 하였으나 좌우 시녀가 붙
잡으니 어쩔 수 없었다. 용녀가 예를 갖추어 절을
한 후에 상서가 시녀에게 명하여,

"전상(殿上)에 모셔라."

하나, 용녀가 사양하고 자리에 무릎을 꿇고 앉자
상서가 말하였다.

"양소유는 인간 세상 사람이요, 낭자는 용궁 선녀
인데 어이 이토록 과히 하십니까?"

용녀가 일어나 재배하고 말하였다.

"첩은 동정 용왕의 딸 능파(凌波)입니다. 부왕이 옥
황상제께 조회할 때, 장진인(張眞人)을 만나 첩의

팔자를 물어보니 진인이 말하였습니다. '이 아기는 천상 선녀입니다. 죄를 짓고 용왕의 딸이 되었으나 인간 양상서의 첩이 되어 영화를 얻어 백년해로하다가 다시 불가에 돌아가 극락세계에서 천만 년을 지낼 것입니다.' 부왕이 이 말을 듣고 첩을 각별히 사랑하셨는데, 천만뜻밖에 남해 용왕의 태자가 첩의 자색을 듣고 구혼하니 우리 동정은 남해 소속이라 부왕이 거역하지 못하여 몸소 가셔서 장진인의 예언으로 변명하셨지만, 남해왕이 요망타 하고 구혼을 더욱 급히 하였습니다.

그리하여 첩이 생각다 못해 백룡담(白龍潭)에 피해 와서 살고 있는데, 이곳의 물빛과 맛을 변하게 하여 사람과 물상을 통하지 못하게 하였습니다.

그러나 지금 상서를 청하여 이 더러운 땅에 오시게 하여 이 몸을 의탁하니 상서의 근심은 첩의 근심이라 어찌 구완하지 아니하겠습니까? 그 물맛을 다시 달게 할 것이니 군사들이 마시면 자연 병이 나을 것입니다."

상서가 말하였다.

"낭자의 말을 들으니 하늘이 정한 연분입니다. 이
제 낭자와 백년가약을 맺음이 어떠합니까?"

용녀가 말하였다.

"첩의 몸을 이미 상서께 허락하였으나 부모께 고하
지 아니하였으니 불가하고, 또 남해 태자가 수만
군을 거느리고 첩을 얻고자 하니 그 우환이 상서께
미칠 것이요, 첩이 몸의 비늘을 벗지 못하여 귀인
의 몸을 더럽힐 것이오니 불가합니다."

상서가 말하였다.

"낭자의 말씀이 아름다우나 낭자의 부왕이 나를 기
다리니 고하지 아니하여도 부끄럽지 아니하고, 몸
에 비늘이 있으나 신선의 연분을 정하였으니 관계
치 아니하며, 내 백만 군병을 거느렸으니 남해의
태자를 어찌 두려워하겠소."

하고, 용녀를 이끌고 잠자리에 드니 그 즐거움은
꿈도 아니요, 인간보다 백배나 더하였다.

날이 새지 않았는데 북소리가 급히 들리어, 용녀가
잠을 깨어 일어나 앉으니 궁녀가 들어와 급히 고하
였다.

"지금 남해 태자가 무수한 군병을 거느리고 와 산 아래에 진을 치고 양상서와 사생결단을 한다고 합니다."

상서가 크게 웃으며 말하였다.

"미친 아이가 나를 어찌 하겠는가?"

하고, 일어나 보니 남해 군병이 백룡담을 여러 겹으로 에워싸고 함성 소리가 천지에 진동하였다.

남해 태자가 외치며 말하였다.

"네 어떤 자이기에 남의 혼사를 방해하느냐? 너와 사생을 결단하겠다!"

하거늘, 상서가 크게 웃으며 말하였다.

"동정 용녀는 나와 부부의 인연이 있어 하늘과 귀신이 다 아는 일인데, 너 같은 버러지가 감히 천명을 거스르느냐?"

하고, 깃발로 지휘하여 백만 군병을 몰아 싸우자 천만 수족(水族)들이 다 패하였다.

원참군 별주부와 잉어 제독을 한 칼에 베고 남해 태자를 사로잡아 죄를 묻고 놓아주었다.

이때 용녀는 음식을 장만하여 군대를 축하하고 천 석 술과 천 필 소로 군사를 먹이며 양원수가 용녀와 함께 앉아 있는데, 한참 후에 동남쪽에서 붉은 옷을 입은 사자가 공중에서 내려와 상서께 고하여 말하였다.

"동정 용왕이 상서의 공덕을 치하코자 하는데, 맡은 일을 떠나지 못하여 지금 응벽전(凝璧殿)에서 잔치를 베풀고 상서를 청하십니다."

상서가 용녀와 수레 위에 오르니 바람이 수레를 몰아 공중으로 날아가다 한참 후에 동정호 용궁에 이르자, 용왕이 멀리서 나와 맞아 들어가 장인과 사위의 예를 베풀고 잔치할 때, 용왕이 잔을 잡고 상서께 사례하며 말하였다.

"과인이 덕이 없어 딸 하나를 두고 남에게 곤란한 일이 많았는데, 양원수의 위엄과 덕망으로 근심을 없애니 어찌 즐겁지 아니하겠소."

상서가 대답하여 말하였다.

"다 대왕의 신령하심인데 무슨 사례를 하십니까?"

상서가 술에 취하니 하직하여 말하였다.

"궁중에 일이 많으니 오래 머물지 못하겠습니다. 바라건대 낭자와 훗날 기약을 잊지 마십시오."

하고, 용왕과 함께 궁문 밖에 나오니, 문득 한 산이 있으되 다섯 봉우리가 높이 구름 속에 둘렀는데 붉은 안개가 사방에 둘러있고 층암절벽이 하늘에 닿아 있어 상서가 물었다.

"저 산은 무슨 산입니까?"

용왕이 말하였다.

"저 산의 이름은 남악 형산이라 하거니와 산천이 아름답고 경개가 거룩합니다."

상서가 말하였다.

"어찌해야 저 산에 올라 구경할 수 있겠습니까?"

용왕이 말하였다.

"날이 저물지 아니하였으니 지금 구경하여도 늦지 않을 것입니다."

상서가 즉시 수레를 타니 벌써 연화봉에 이르렀다. 죽장을 짚고 천봉만학(千峰萬壑)을 차례로 구경하며 말하였다.

"슬프다, 이런 아름다운 경치를 버리고 전쟁의 북새통에 골몰하니 언제야 공을 이루고 물러가 이런 산천을 찾을까?"

하더니, 갑자기 경쇠 소리가 들려 상서가 찾아 올라가니 절이 있는데 법당이 아주 맑고 깨끗하며 중이 다 신선 같았다.

한 노승이 있는데 눈썹이 길고
골격은 푸르고 정신이 맑으
니 그 나이를 헤아리지
못하였다.

문득 상서를 보고는 모
든 제자를 거느리고 당
에 내려와 예를 표하고 말하였다.

"깊은 산중에 있는 중이 귀먹어 대원수의 행차를
알지 못하여 산문 밖에 나가 대령치 못하였으니,
청컨대 상공은 허물치 마십시오. 또 이번은 대원수
가 아주 오신 길이 아니오니 어서 법당에 올라 예
불하고 가십시오."

상서가 즉시 불전에 가 향을 피우고 두 번 절하고
계단을 내려올 때 발을 헛디디어 잠을 깨니 몸이
옥장에 앉아 있었다.

동방이 점점 밝아오자 상서가 여러 장수를 불러 말
하였다.

"공들도 꿈을 꾸었는가?"

여러 장수가 말하였다.

"소인들도 다 꿈을 꾸었습니다. 장군을 모시고 신병귀졸(神兵鬼卒)과 크게 싸워 적장을 사로잡으니 이는 길조(吉兆)인가 합니다."

상서도 꿈의 일을 역력히 기억하고 여러 장수와 함께 물가에 가보니 부서진 비늘이 땅에 깔리고 피가 흘러 물이 붉었다. 상서가 그 물을 맛보니 과연 달거늘 군사와 말에게 먹이니 병에 즉시 효험이 있었다.

적병이 이 말을 듣고 크게 놀라 즉시 항복하여, 상서가 승전한 첩서(捷書)를 올리자 천자가 크게 기뻐하였다.

하루는 천자가 황태후께 아뢰어 말하였다.

"양상서의 공은 만고의 으뜸이니 환군(還軍)한 후에 즉시 승상을 봉하겠지만, 난양의 혼사를 양상서가 마음을 바꾸어 허락하면 다행이나 만일 고집한다 해도 공신(功臣)을 죄 주지 못할 것이요, 혼인을 우격다짐 못할 것이니 어찌 하면 좋겠습니까? 매우 민망합니다."

태후가 말하였다.

"양상서가 아직 돌아오지 않았으니 정사도의 여자에게 다른 혼인을 급히 하게 하면 어떠한가?"

상이 대답치 못하고 나가니 난양공주가 이 말씀을 듣고 태후께 고하여 말하였다.

"낭랑(娘娘, 왕비나 귀족의 아내를 높여 이르는 말)은 어찌 이런 말씀을 하십니까? 정가의 혼사는 그 집안일인데 어찌 조정에서 권하겠습니까?"

태후가 말하였다.

"내가 진작부터 너와 의논코자 하였다. 양상서는 풍채와 문장이 세상에 으뜸일 뿐 아니라, 퉁소 한 곡조로 네 연분을 정하였으니 어찌 이 사람을 버리고 다른 데서 구하겠느냐. 양상서가 돌아오면 먼저 네 혼사를 지내고 정사도 딸을 첩으로 삼게 하면, 양상서가 사양할 리 없을 텐데 네 뜻이 어떠한지 염려스럽구나."

공주가 대답하여 말하였다.

"소저가 평생 투기(妬忌)를 알지 못하는데 어찌 정가 여자를 꺼리겠습니까? 다만 양상서가 처음에 납폐하였다가 돌이켜 첩으로 삼는다면 예가 아니요, 또 정사도는 여러 대에 걸친 재상의 집인데 그 딸을 남의 첩이 되게 하면 어찌 원통하지 아니하겠습니까?"

태후가 말하였다.

"네 뜻이 그러하다면 어찌 하는 것이 좋겠느냐?"

공주가 말하였다.

"들으니 제후는 부인을 셋까지도 취할 수 있다 합니다. 양상서가 성공하고 돌아오면 후왕(侯王-조그마한 나라의 왕)에 봉할 것이니, 두 부인을 취한다고 무슨 문제가 되겠습니까?"

태후가 말하였다.

"안 된다. 사람이 귀천이 없다면 관계치 아니하겠지마는 너는 선왕(先王)의 귀한 딸이요, 지금 임금의 사랑하는 누이다. 어찌 여염집 천한 사람과 함께 한 남자의 부인이 되겠느냐?"

공주가 말하였다.

"선비가 어질면 만승천자(萬乘天子, 병거 일만 채를 갖춘 천자. 천자를 높여 이르는 말)도 벗한다 하니 관계치 아니하며, 또 정가 여자는 자색과 덕행이 고금에 드물다 하오니 오히려 소녀에게는 다행입니다. 아무튼 그 여자를 친히 보아 듣던 말과 같으면 몸을 굽혀 같은 처가 되고, 그렇지 아니하면 첩을 삼는다 해도 괜찮습니다."

태후가 말하였다.

"여자의 투기는 예부터 있어왔는데 너는 어쩌면 이 토록 인후(仁厚)하냐? 내 명일에 정가 여자를 부르 겠다."

공주가 말하였다.

"아무리 낭랑의 명이 있어도 아프다고 핑계하면 할 수 없고, 더구나 재상가의 여자를 어찌 불러들이겠 습니까? 소녀가 직접 가서 보겠습니다."

이즈음 정소저가 부모를 위하여 태 연한 체하지만 얼굴은 자연 초췌 하였다.

하루는 한 여동이 비단 족자를 팔러왔는데 춘운이 보니 꽃밭 속 에 공작이 수놓여 있었다. 춘운이 족자를 가지고 들어가 소저께 말하었다.

"이 족자가 어떻습니까?"

소저가 보고 놀라 말하였다.

"어떤 사람이 이런 재주가 있는가? 보통 사람이 아 닌 듯싶구나."

하고, 춘운을 통하여 물었다.

"이 족자는 어디서 났으며, 만든 사람이 어떤 사람이냐?"

여동이 말하였다.

"우리 소저의 재주인데, 우리 소저가 객지에서 급히 쓸 곳이 있어 팔러 왔으니 값의 많고 적음을 보지 아니합니다."

춘운이 말하였다.

"너의 소저는 뉘 집 낭자이며, 무슨 일로 객지에 머물고 계시느냐?"

여동이 말하였다.

"우리 소저는 이통판(李通判)의 누이입니다. 이통판이 절동(浙東)에 벼슬을 갈 때, 부인과 소저를 모시고 가는데 소저가 병이 들어서 가지 못하여 연지촌 사삼낭(謝三娘)의 집에 처소를 정하여 계십니다."

정소저가 그 족자를 많은 값을 주고 사 중당에 걸어두고 춘운에게 말하였다.

"이 족자의 임자를 시비를 보내어 얼굴이나 보고 싶구나."

하고, 즉시 시비를 보냈다.

시비가 돌아와 고하였다.

"억만 장안을 다 보았지만 우리 소저 같은 사람이 없었는데, 이소저는 실로 우리 소저와 같았습니다." 춘운이 말하였다.

"그 족자를 보니 재주는 아름다우나 어찌 우리 소저만한 사람이 있겠느냐? 네가 잘못 보았다."

하루는 사삼낭이 와 부인과 정소저께 고하였다.

"소인의 집에 이통판댁 낭자가 거처하고 있는데, 소저의 재덕을 듣고 한번 뵙고자 청합니다."

부인이 말하였다.

"내 그 낭자를 보고자 하였지만 청하기 미안하여 못 하였는데, 그대 말을 들으니 어찌 기쁘지 아니하겠는가?"

다음날 이소저가 흰 옥으로 꾸민 가마를 타고 시비를 데리고 왔다. 정소저가 나와 맞아 침실에 들어가 서로 대하여 앉으니, 월궁(月宮)의 선녀가 요지연(瑤池宴, 요지라는 중국 곤륜산에 있는 연못에서 벌어진 잔치)에 참예한 듯 그 광채가 비할 데 없었다. 정소저가 말하였다.

"마침 시비에게 들으니 저저(姐姐, 언니를 달리 이르

는 말)가 가까이 와 계시다 하나, 나는 팔자가 기박
하여 인사를 사절하였기 때문에 가 뵈옵지 못하였
는데, 저저가 이런 누추한 곳에 오시니 매우 감사
합니다."

이소저가 말하였다.

"나는 본디 초야에 묻힌 사람입니다. 부친을 일찍
여의고 모친을 의지하여 배운 일이 없다가 마침 소
저의 아름다운 행실을 듣고 한번 모시어 가르치시
는 말씀을 듣고자 했는데, 거절하지 아니하시니 평
생소원을 푼 듯합니다. 또 들으니 댁에 춘운이라는
시녀가 있다 하온데 볼 수 있겠습니까?"

정소저가 즉시 시비를 명하여 춘운을 부르니 춘운이
들어와 예로써 알현하자 이소저가 일어나 맞았다.

이소저가 춘운을 보고 감탄하며 생각하였다.

'듣던 말과 같구나! 정소저가 저러하고 춘운이 또
이러하니 양상서가 어찌 부마가 되기를 바라겠는
가?'

이소저가 일어나 부인과 소저께 하직하며 말하였다.

"날이 저물었으니 물러가지만 거처하고 있는 곳이
멀지 아니하니 다시 뵐 날이 있겠지요?"

정소저가 계단 아래로 내려와 사례하여 말하였다.

"나는 얼굴을 들어 출입하지 못하기에 은혜에 보답
하지 못하오니 허물치 마십시오."
하고, 서로 이별하였다.

정소저가 춘운에게 말하였다.
"보검은 땅에 묻혔어도 기운이 누우간(斗牛間, 북두
성과 견우성 사이)에 뻗치고, 큰 조개는 물속에 있
어도 빛이 수루(戍樓, 적군의 동정을 살피려고 성 위
에 만든 누각)를 비춘다 하였는데, 이소저가 같은
땅에 있으면서도 우리가 일찍이 듣지 못하였으니

이상하구나."

춘운이 말하였다.

"첩이 의심컨대 화음 진어사의 딸이 상서와 〈양류사〉를 화답하여 혼인을 언약하였다가 그 집이 환란을 만난 후에 진씨가 어디로 간 줄을 모른다 하였는데, 필시 성명을 바꾸고 소저를 좇아 연분을 잇고자 하는 것 같습니다."

소저가 말하였다.

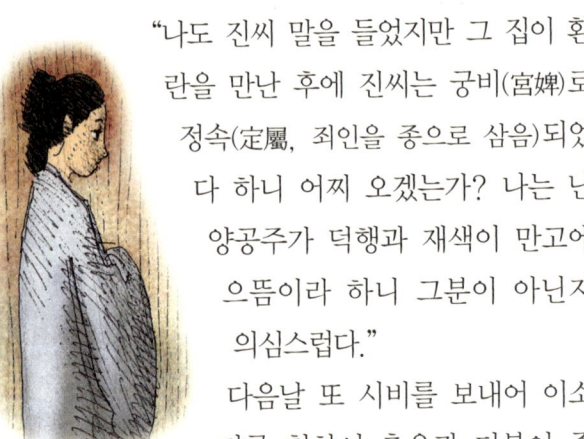

"나도 진씨 말을 들었지만 그 집이 환란을 만난 후에 진씨는 궁비(宮婢)로 정속(定屬, 죄인을 종으로 삼음)되었다 하니 어찌 오겠는가? 나는 난양공주가 덕행과 재색이 만고에 으뜸이라 하니 그분이 아닌지 의심스럽다."

다음날 또 시비를 보내어 이소저를 청하여 춘운과 더불어 종일토록 문장을 의논하였다.

하루는 이소저가 와서 부인과 소저에게 말하였다.

"제 병이 좀 나아 내일 절동(浙東)으로 떠나게 되어 하직하려 합니다."

정소저가 말하였다.

"미천한 몸을 버리지 아니하시고 자주 부르시니 즐거운 마음을 이기지 못하였는데 이제 돌아가시니 떠나는 정회를 어이 헤아리겠습니까?"

이소저가 말하였다.

"한 말씀을 소저께 아뢰고자 하나 거절하실까 염려됩니다."

정소저가 말하였다.

"무슨 말씀이십니까?"

이소저가 말하였다.

"늙으신 어머니를 위하여 남해 관음보살의 얼굴과 모습을 그린 그림을 수놓았는데, 소저의 문장 명필로 제목을 써주시면 한편으로는 어머니를 생각하는 마음을 위로하고, 한편으로는 우리 서로 잊지 못할 정표로 삼을까 합니다. 소저가 허락하지 아니하실까 염려하여 족자를 가져오지 않았으나 거처하는 곳이 멀지 아니하니 부디 허락해 주십시오."

정소저가 말하였다.

"비록 문필은 없으나 어머님 생각하시는 일을 어이 좇지 아니하겠습니까? 날이 저물기를 기다려 가셨으면 합니다."

이소저가 크게 기뻐하여 일어나 절하고 말하였다.

"날이 저물면 글쓰기가 어려울 것이니 제가 타고 온 가마가 비록 누추하나 지금 함께 가셨으면 합니다."

정소저가 허락하니, 이소저가 부인께 하직하고 춘운의 손을 잡고 이별한 후에, 정소저와 함께 흰 옥으로 꾸민 가마를 타고 가니 정소저의 시녀 여러 사람이 따라갔다.

정소저가 이소저의 침실에 들어가니 보패(寶貝, 보배)와 음식이 모두 보통이 아니라 이상히 여겼다. 이소저가 족자도 내놓지 아니하고 문필도 청하지 아니하자 정소저가 민망하여 말하였다.

"날이 저물어 가는데 관음화상은 어디에 있습니까? 절하여 뵙고자 합니다."

이 말을 미처 마치기도 전에 군마(軍馬) 소리가 진동하며 기치창검(旗幟槍劍, 군대에서 쓰던 깃발, 창, 칼 따위)이 사면을 에워쌌다. 정소저가 크게 놀라 피하려 하자 이소저가 말하였다.

"소저는 놀라지 마십시오. 나는 난양공주로 이름은 소화입니다. 태후 낭랑의 명으로 소저를 모셔가려 합니다."

정소저가 이 말을 듣고 땅에 내려 재배하여 말하였다.

"여염집 천한 사람이 무지하여 귀한 공주님을 알아뵙지 못하고 예의 없이 하였으니 죽어도 아깝지 아니합니다."

난양공주가 말하였다.

"그런 말씀은 차차 하겠지만 태후 낭랑께서 지금 난간에 의지해 기다리시니 원컨대 소저는 함께 가십시다."

정소저가 말하였다.

"귀한 공주께서 먼저 들어가시면 첩이 돌아가 부모께 고하고 이후에 따라 들어가겠습니다."

공주가 말하였다.

"태후가 소저를 보시고자 하여 어명을 내리신 것이니 사양치 마십시오."

정소저가 말하였다.

"첩은 본디 천한 사람입니다. 어찌 귀한 공주와 가마를 함께 타겠습니까?"

공주가 말하였다.

"여상은 어부였지만 문왕과 같은 수레에 탔고, 후영은 문지기였지만 신능군의 고삐를 잡았습니다. 더구나 소저는 재상가 처녀인데 어찌 사양하겠습니까?"

하고, 손을 이끌어 함께 가마를 타고 갔다.

난양공주가 소저를 궐문 밖에 세우고 궁녀에게 명하여 호위케 한 후, 공주가 들어가 태후를 뵙고 정소저의 자색과 덕행을 아뢰었다.

태후가 감탄하여 말하였다.

"그러하니 양상서가 어찌 부마를 사양치 아니하겠는가?"

하고, 궁녀에게 명하여 말하였다.

"정소저는 대신의 딸이요, 양상서의 납채를 받았으니 일품조복(一品朝服)을 입고 입조하라."

궁녀가 의복함을 가져와 정소저께 고하자 소저가 말하였다.

"첩은 천녀(賤女)의 몸이니 어찌 조복(朝服)을 입겠습니까?"

태후가 듣고 더욱 기특히 여겨 불러 들어가니 궁중

사람들이 다 감탄하여 말하였다.

"천하일색이 우리 공주님뿐인가 하였는데 이런 소저가 있을 줄 어찌 알았겠는가?"

소저가 예를 마치자 태후가 명하여 자리를 주고 말하였다.

"양상서는 일대 호걸이요, 만고 영웅이다. 부마를 정하려고 하였는데 너의 집이 납채를 먼저 받았다기에 억지로 빼앗지 못하여 난양의 계획으로 너를 데려왔거니와, 내 일찍이 두 딸이 있다가 한 딸이 죽은 후에 난양만 두고 외롭게 여겼는데, 네 자색과 덕행이 족히 난양과 형제 될 만하구나. 너를 양녀로 정하여 난양이 너를 잊지 못하는 마음을 표하고자 한다."

소저가 말하였다.

"첩이 여염집 천인으로 어찌 난양공주님과 형제가 되겠습니까? 복을 잃을까 두렵습니다."

태후가 말하였다.

"내가 이미 정하였으니 사양하지 말라. 또 네 글재

주가 용하다 하니 글 한 구를 지어 나를 위로하라.
옛날 조자건(曹子健)은 〈칠보시(七步詩)〉를 지었는데
너도 그렇게 할 수 있겠느냐? 재주를 보고 싶구나."
소저가 대답하여 말하였다.

"소저가 글은 잘 못하지만 낭랑의 명을 어찌 거스르겠습니까?"
난양이 말하였다.

"정소저를 혼자 시키기 미안하니 소녀가 함께 짓겠습니다."
태후가 크게 기뻐하여 필먹을 갖추고 궁녀를 앞에
세워 글의 제목을 낼 때, 때는 춘삼월이었다.
벽도화(碧桃花)가 많이 핀 속에 까치가 지저귀자, 그
것으로 글제를 내었는데 각각 붓을 잡고 순식간에
써서 바치니, 궁녀가 겨우 다섯 걸음을 옮겼을 때
였다.
정소저의 시는 다음과 같았다.

紫禁春光醉碧桃(자금춘광취벽도)
何來好鳥語交交(하래호조어교교)
樓頭御妓傳新曲(누두어기전신곡)
南國穠華與鵲巢(남국농화여작소)

자금성 봄빛은 벽도화로 취하였는데
재잘거리는 길조는 어디서 왔는가?
누각의 궁녀는 새로운 노래를 전하고
남국의 짙은 꽃은 까치와 함께 깃드네.

또한 공주의 시는 다음과 같았다.

春深禁掖百花繁(춘심금액백화번)
靈鵲飛來報喜言(영작비래보희언)
銀浦作橋須努力(은포작교수노력)
一時齊渡兩天孫(일시제도량천손)

봄 깊은 궁중에 온갖 꽃 만발하니
신령한 까치 날아와 기쁜 소식 전하네
은하수 나루에 다리를 놓기는
한 번에 두 천손이 건너게 함이라.

태후가 모두 보시고 칭찬하여 말하였다.

"내 두 딸은 이태백과 조자건이라도 따라오지 못할 것이다."

이때 천자가 태후께 문안하자 태후가 말하였다.

"난양의 혼사를 위하여, 정소저를 데려다가 내 양녀를 삼아 함께 양상서를 섬기고자 하니 어떠하오?"

상이 말하였다.

"낭랑의 훌륭한 덕은 고금에 없습니다."

태후가 정소저를 불러,

"황상께 인사 올리라."

하자, 정소저가 즉시 들어와 뵈니 상이 여중서(女中書) 진씨 채봉을 명하여 비단과 필먹을 가져오라 하여, 친필로 '정씨를 영양공주로 봉한다.' 쓰고 차례를 형으로 하니 영양공주가 땅에 엎드려 말하였다.

"첩은 본디 미천한 사람인데 어찌 난양의 형이 되겠습니까?"

난양이 말하였다.

"영양은 재덕(才德)이 내 위이니 어찌 사양하십니까?"
황상이 태후께 여쭈었다.
"두 누이의 혼사를 이미 결단하셨으니 여중서 진채봉을 생각하십시오.
진채봉은 본디 조관(朝官)의 자식입니다. 그의 집이 비록 망하였으나 그 재주와 심덕이 기특하고 또 양상서와 언약이 있었다 하니, 공주 혼사에 잉첩(귀인에게 시집가는 여인이 데리고 가던 시첩(侍妾))을 삼았으면 합니다."
태후가 즉시 채봉을 불러 말하였다.
"너를 양상서의 첩으로 정하니 두 공주의 희작시(喜鵲詩)를 차운(次韻, 남이 지은 시의 운자(韻字)를 따서 시를 지음)하라."
진씨가 즉시 글을 지어 올렸다.

喜鵲査査繞紫宮(희작사사요자궁)
夭桃花上起春風(요도화상기춘풍)
安巢不待南飛去(안소부대남비거)
三五星稀正在東(삼오성희정재동)

까치 조잘대며 궁궐을 돌아다니니
예쁜 복사꽃 위로 봄바람 살랑이네.
포근한 둥지에 남쪽으로 날아가길 잊었나
보름달 별들이 하나 둘 동쪽에서 깜박이네.

진씨의 시가 의사(意思)와 필법이 신묘하여 태후와
황상이 칭찬해 마지않았다.

하루는 영양공주가 태후께 아뢰어 말하였다.
"소녀가 들어올 때에 부모가 놀라 염려하였으니 돌
아가 부모를 보고 이런 훌륭한 덕을 자랑하고자 합
니다."
태후가 말하였다.
"아직 사사로이 출입을 할 수 없다. 내 의논할 말
도 있으니 최부인을 청하겠다."
하고, 즉시 조서(調書)하였다.
최씨가 들어가 태후께 입조하자 태후가 말하였다.

"내 부인의 딸을 데려와 양녀를 삼았으니 부인은 염려 마시오."

최씨가 사례하여 말하였다.

"첩이 아들이 없고 딸 하나만 있어 금옥같이 사랑하였는데 낭랑의 훌륭한 덕이 이렇듯 하니 시든 나무에 꽃이 핀 것과 같습니다. 이 은덕을 죽어도 갚을 길이 없습니다."

영양과 난양이 부인을 보고 서로 반겨함은 헤아리지 못할 바였다.

태후가 말하였다.

"부인의 집에 가춘운이 있다 하더니 왔소이까?"

부인이 춘운을 불러 즉시 입조케 하자 태후가 말하였다.

"진실로 절대가인(絕代佳人)이구나."

하고, 두 공주와 진씨가 지은 글을 말한 후,

"차운(次韻)하라"

하자, 춘운이 사양치 못하여 즉시 지어 드리니 태후가 보고 길게 탄복하였다.

춘운이 물러가 두 공주를 뵈고 앉으니 공주가 진씨를 가리켜 말하였다.

"이는 화음(華陰) 진가(秦家) 여자다. 그대와 백년을 함께할 사람이다."

춘운이 말하였다.

"〈양류사〉를 지은 진씨십니까?"

진씨가 눈물을 흘리며 말하였다.

"〈양류사〉를 어찌 아십니까?"

춘운이 말하였다.

"상서가 매일 〈양류사〉를 읊으며 낭자를 생각하시
기에 들었습니다."

진씨가 말하였다.

"상서가 옛일을 잊지 아니하셨구나!"

하고, 더욱 슬퍼하였다.

태후가 최부인에게 말하였다.

"양상서를 속일 묘책이 있으니 부인도 궁을 나가면
소저가 죽었다고 하시오."

두 공주가 부인을 문 밖에 전송(餞送)하고, 영양공
주가 춘운에게 말하였다.

"내가 죽었다 하고 상서를 속여라."

춘운이 말하였다.

"전에 속인 일도 죄가 큰데 다시 속이고 무슨 면목
으로 상서를 섬기겠습니까?"

영양공주가 말하였다.

"태후께서 명하신 일이니 어쩔 수 없다."

춘운이 듣고 갔다.

양상서가 돌아온다는 소식이 경성에 들어오자, 천자가 친히 위교에 나와 상서의 손을 잡고 말하였다.

"만 리 밖에 나가 역적들을 깨끗이 쓸어버린 공을 어찌 갚겠는가?"

하시고, 바로 그날 대승상(大丞相) 겸 위국공(魏國公)에 봉하고, 식읍(食邑, 나라에서 공신에게 내려주어 조세를 거두어 쓰게 한 고을) 삼만 호를 끊어 주고, 화상(畵像)을 능연각(凌煙閣, 당나라 때 개국 공신 스물네 명의 초상을 걸었던 누각)에 그려놓게 하였다.

승상이 사은숙배하고 물러나와 정사도 집에 가자 정사도 일가가 다 외당에 모여 승상을 감축할 때, 양승상이 사도 부부의 안부를 물으니 정십삼이 말하였다.

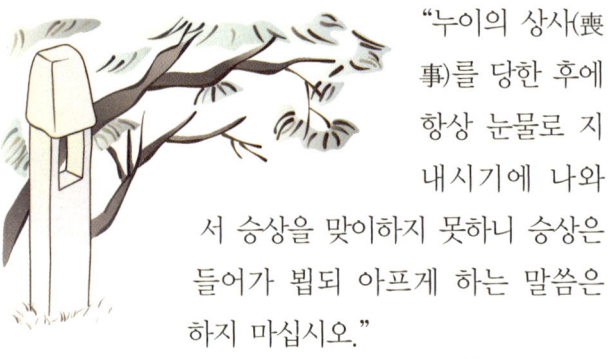

"누이의 상사(喪事)를 당한 후에 항상 눈물로 지내시기에 나와서 승상을 맞이하지 못하니 승상은 들어가 뵙되 아프게 하는 말씀은 하지 마십시오."

승상이 이 말을 듣고 실색(失色)하여 말을 못하다가 한참 후에 묻기를,

"소저가 죽었단 말이오?"

하고, 눈물을 흘리니 정생이 말하였다.

"승상과 혼인을 정하였다가 불행하여 이렇게 되니 어찌 우리 집 가문의 운수가 쇠한 것이 아니겠습니까? 승상은 슬퍼 마십시오."

승상이 눈물을 씻고 정생을 데리고 들어가 사도 부부께 뵈었는데 사도 부부는 별로 서러워하는 빛이 없었다.

승상이 말하였다.

"저는 나라의 명으로 만리타국에 가 성공하고 돌아와 전생연분을 맺을까 하였는데, 하늘이 그르게 여기시어 소저가 인간 세상을 이별하였다 하오니 소

자의 불행입니다!"

사도가 말하였다.

"사람의 생사는 하늘에 달려 있으니 어찌하겠나?
오늘은 승상이 즐길 날인데 어찌 슬퍼하는가?"

정생이 승상에게 눈짓을 해 일어나 화원에 들어가
니 춘운이 반겨 달려나와 뵈자, 승상이 춘운을 보
고 소저를 생각하여 눈물을 금치 못하였다.

춘운이 위로하며 말하였다.

"승상께서는 과히 슬퍼 마시고 첩의 말을 들으십시
오. 소저는 본디 천상에서 귀양 왔는데 하늘에 올
라갈 때 첩에게 이르되 '양상서가 납채를 도로 내
어 주었으니 부당한 사람이다. 혹 내 무덤이나 내
제사를 지내는 대청에 들어와 조문(弔問)하면 나를
욕하는 일이니 아무리 죽은 혼령인들 어찌 노하지
아니하겠는가?' 하였습니다."

승상이 말하였다.

"또 무슨 말을 하던가?"

춘운이 말하였다.

"또 한 말이 있지만 차마 제 입으로 말하지는 못하
겠습니다."

승상이 말하였다.

"무슨 말이었느냐?"

춘운이 말하였다.

"상서께서 춘운을 사랑하시라고 전하였습니다."

승상이 말하였다.

"소저가 이르지 아니한들 어찌 너를 버리겠는가."

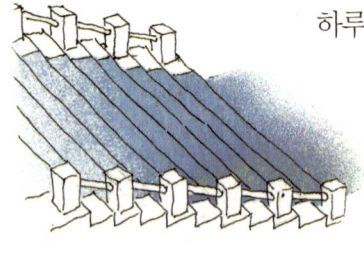

하루는 천자가 승상을 불러 말하였다.

"승상이 부마를 사양하였지만 이제 정소저가 죽었으니 또 무슨 말로 사양하겠는가?"

승상이 재배하고 말하였다.

"정녀가 죽었으니 어찌 항거하겠습니까만 소신의 문벌이 미천하고 재덕이 천하고 비루하오니 당치 못할까 합니다."

천자가 크게 기뻐하여 태사(太史, 기록을 맡아보던 사관)를 불러 좋은 날을 가리니 구월 보름이었다.

상이 승상에게 말하였다.

"경이 혼사를 확실히 결정하지 않아 미처 이르지 않았는데, 짐에게 실은 두 누이가 있으니 하나는 영양공주요, 하나는 난양공주이다. 영양공주는 정부인(正夫人)으로 정하고 난양공주는 둘째 부인으로 정하여 한날에 혼사를 행할 것이다."

구월 보름을 맞아 혼례를 행할 때 승상이 비단으로 만든 도포와 옥으로 된 띠를 하고 두 공주와 예를 이루니 그 위엄 있는 거동은 다 헤아리지 못할 바였다.

이날 밤은 영양공주와 동침하고 다음날은 난양공주와 동침하고, 또 다음 날에는 진씨 방으로 갔는데 진씨가 승상을 보고 슬픔을 이기지 못하여 눈물을 흘리자 승상이 말하였다.

"오늘은 즐거운 날인데 낭자는 무슨 일로 눈물을 흘리는가?"

진씨가 말하였다.

"승상이 첩을 알아보지 못하시니 아마도 잊으신 것 같습니다. 그래서 자연 슬퍼하는 것입니다."

승상이 자세히 보고 나아가 옥수를 잡고 말하였다.

"낭자가 화음 진씨인 줄을 이제야 알겠도다! 낭자가 벌써 죽은 줄 알았는데 오늘 궁중에서 볼 줄 어찌 알았겠는가? 낭자의 집이 참화를 당한 일은 차마 말하지 못하겠소. 객점에서 난리를 만나 이별한 후에 어느 날인들 생각지 아니하였겠는가?"

하며, 〈양류사〉를 서로 대하여 읊으니 한편으로는 반갑고 한편으로는 슬펐다.

승상이 말하였다.

"내 처음에 배필을 기약하였다가 오늘날 첩을 삼으니 어찌 부끄럽지 아니하겠는가."

진씨가 대답하여 말하였다.

"처음에 유모를 보낼 때 첩되기를 원하였으니 무슨 원통함이 있겠습니까?"

하고, 서로 즐기는 정이 두 날 밤보다 백 배나 더하였다.

그 다음날 두 공주가 승상께 술을 권하다가 영양공주가 시비를 불러 진씨를 청하는 목소리를 듣고 승상의 마음이 자연 감동하여 갑자기 생각하였다.

'내 일찍이 정소저와 거문고 한 곡조를 의논할 때, 그 소리와 얼굴을 익히 듣고 보았는데 오늘 영양공주를 보니 얼굴과 말소리가 매우 같구나. 나는 두 공주와 함께 즐겨하는데 슬프다, 정소저의 외로운 혼은 어디에 의탁하였을까?

영양공주를 거듭 보고 눈물을 머금고 말하지 아니하자 영양공주가 잔을 놓고 물었다.

"승상은 무슨 일로 마음을 슬퍼하십니까?"

승상이 말하였다.

"내 일찍이 정사도 여자를 보았는데 공주의 얼굴과 소리가 매우 비슷하여 자연 감동하여 그러합니다."

영양공주가 말을 듣고 낯빛이 변하여 일어나 안으로 들어가자 승상이 부끄럽고 열적어 난양공주께 고하였다

"영양이 내 말을 그릇되다 여기는 것입니까?"

난양이 말하였다.

"영양공주는 태후의 딸이요, 천자의 누이입니다. 뜻이 교만하고 건방져 한번 그릇되게 여기면 마음을 좇지 아니하니 정가 여자가 비록 아름다우나 여염 처녀요, 또 이미 죽어 백골이 다 진토 되었는데 어찌 그런 데 비하십니까?"

승상이 즉시 진씨에게 시켜 영양공주께 사죄하여 말하였다.

"마침 술을 과히 먹고 망발을 하였으니, 원컨대 공주는 허물치 마십시오."

진씨가 즉시 돌아와 승상께 고하였다.

"공주가 하시는 말씀이 있었지만 첩이 차마 아뢰지 못하겠습니다."

승상이 말하였다.

"공주의 말씀이 비록 과하더라도 진씨의 죄가 아니니 전해 보라."

진씨가 말하였다.

"공주가 막 화를 내시며 이르시되, '나는 황태후의 딸이요, 정녀는 여염집 천인입니다. 제 얼굴만 자랑하고 평생 처음 보는 상공과 반나절을 함께 거문고를 의논하고 수작하니 행실이 아름답지 못하고, 또 혼인이 시기를 놓쳐 이루어지지 못하게 된 것에 심술이 나서 청춘에 죽었으니 복도 좋지 못한 사람입니다.

옛날 추호(秋胡)라는 사람이 뽕 따는 계집과 희롱할 때 그 아내가 듣고 말하기를, '내 아무리 어질지 못하나 나를 생각한다면 어찌 상중(桑中) 유녀(遊女)와 희롱하겠는가.' 하고 물에 빠져 죽었으니 낸들 무슨 면목으로 상공을 대면하겠습니까.

나를 죽은 정씨에게 비하고 행실 없는 사람으로 생각하니 내 그런 사람 섬기기를 원치 않습니다. 난양은 성질이 양순하고 인정이 많으니 승상을 모셔 백년해로하십시오.' 하였습니다."

승상이 이 말을 듣고 크게 화를 내어 말하였다.

"천하의 형세만 믿고 가장을 업신여기는 사람으로는 영양공주만한 사람이 없다. 예부터 사람들이 부마가 되기를 싫어하는 것은 이러한 때문이다."

하고, 난양공주에게 말하였다.

"실은 정소저를 미리 만나본 것에는 곡절이 있습니다. 영양이 정소저를 행실 없는 사람으로 책망하니 어찌 애닯지 아니하겠습니까?"

난양이 말하였다.

"첩이 들어가 알아듣도록 잘 타이르겠습니다."

하고, 즉시 돌아가 날
이 저물도록 나오지 아니
하고 시비를 시켜 승상께 전갈하여 말하였다.

"백번 알아듣도록 잘 타일렀지만 도무지 듣지 아니합니다. 첩은 영양과 사생고락(死生苦樂)을 함께하기로 했습니다. 영양이 깊은 방에서 혼자 늙기를 결단하니 첩도 상공을 모시지 못하겠습니다. 바라건대 진씨와 함께 백년을 해로하십시오."

승상이 이 말을 듣고 분을 이기지 못하여 빈방에서 촛불만 대하고 앉았는데, 진씨가 금으로 만든 화로에 향을 피우고 승상께 고하여 말하였다.

"첩도 군자를 곁에서 모시지 못하겠기에 들어가오니 승상은 평안히 쉬십시오."

하고, 나가자 승상이 더욱 분하여 잠을 이루지 못하고 생각하되,

'저희들이 작당하고 가장을 이토록 조롱하니 세상에 이런 고약한 일이 어디에 있는가. 차라리 정사도 집 화원에서 낮이면 정십삼과 술이나 먹고, 밤이면 춘운과 희롱함만 같지 못하다. 부마된 삼일 만에 이토록 곤핍하니 어찌 분하지 아니한가?'

하고, 사창(紗窓)을 여니, 이때 달빛은 뜰에 가득하고 은하수가 비껴 있었다.

잠깐 일어나 나와 배회하는데, 문득 바라보니 영양 공주의 방에 등촉이 휘황하고 웃음소리가 자자하기에 승상이 생각하기를,

'밤이 깊었는데 어떤 궁인이 이제까지 아니 자는가? 영양이 나에게 화가 나서 들어가더니 침실에 있는가?'

하여, 가만히 들어가 창 밖에서 엿들으니 두 공주

가 쌍륙(雙六, 놀이의
하나. 여러 사람이 편
을 갈라 차례로 두 개
의 주사위를 던져서

나오는 사위대로 말을 써서 먼저 궁에 들여보내는 놀
이) 치는 소리가 역력히 들리거늘, 승상이 창틈으
로 보니 진씨가 한 여자와 함께 두 공주 앞에서 쌍
륙을 치는데 자세히 보니 춘운이었다.

얼마 전 춘운이 공주의 혼사를 구경하고 궁중에 머
물렀지만, 종적을 감추어 보이지 않은 까닭에 승상
이 알지 못하였다.

승상이 춘운을 보자 마음에 이상히 여겨 '어찌 왔
을까?' 하는데, 문득 진씨가 쌍륙을 다시 벌이고
말하였다.

"춘랑과 내기코자 하오."

춘운이 말하였다.

"첩은 본디 가난하여 내기하면 술 한잔뿐이거니와,
진숙인(秦淑人)은 귀한 공주를 모셔 명주 비단을 흔
한 삼베같이 여기고 팔진미를 변변치 못한 음식처
럼 여기는데 무엇을 내기코자 하십니까?"

진씨가 말하였다.

"내가 지면 보패(寶貝)를 끌러 춘랑을 주고 춘랑이 지면 내가 청하는 일을 하게."

춘운이 말하였다.

"무슨 일을 청하시렵니까?"

진씨가 말하였다.

"내 잠깐 말씀을 들으니 춘랑이 '신선도 되고 귀신도 된다.' 하니, 그 말을 자세히 듣고자 하오."

춘운이 쌍륙판을 밀치고 영양공주를 향하여 말하였다.

"소저가 평소 저를 사랑하시면서 어찌 이런 말씀을 공주께 하셨습니까? 진숙인까지 들었으니 궁중에 귀 있는 사람이면 누가 아니 들었겠습니까?"

진씨가 말하였다.

"춘랑이 어찌 우리 공주께 소저라 하는가? 공주는 대승상 위국공 부인이시오. 비록 나이는 어리나 작위가 이미 높으신데 어찌 춘랑의 소저이겠는가?"

춘운이 웃으며 말하였다.

"십 년 넘게 부르던 입을 고치기 어렵습니다. 꽃을

다투어 희롱하던 일이 어제인 듯해서 그러했습니다."
하고, 서로 웃음소리가 낭랑하였다.

"춘랑의 말을 다 듣지 못하였지만 승상이 과연 춘
랑에게 그토록 속았습니까?"
영양이 말하였다.

"승상이 겁내는 거동을 보고자 하였는데 승상이 사
리에 어둡고 완고하여 귀신 무서운 줄 알지 못하
니, 예부터 색(色)을 좋아하는 사람을 색에 굶주린
귀신이라 하더니 과연 승상 같은 사람을 말하는 것
입니다."
하고, 모두 크게 웃었다.

승상이 비로소 영양공주가 정소저인 줄을 알고 한
편으로 반가워 문을 열고 급히 보고자 하다가, 갑
자기 생각하기를 '제가 나를 속이니 나도 또한 속
이리라.' 하고 가만히 진씨의 방으로 돌아와 누웠는
데 밤하늘이 이미 샜다.
진씨가 나와 시녀에게 물어 말하였다.

"승상께서 일어나셨느냐?"
시녀가 말하였다.

"아직 일어나지 아니하셨습니다."

진씨가 창 밖에 서서 일어나기를 기다리는데, 승상의 신음하는 소리가 때때로 들리거늘 진씨가 들어가 물었다.

"승상께서 기체 평안치 않으십니까?"

승상이 대답하지 아니하고 눈을 바로 뜨지 못하며 헛소리를 무수히 하자 진씨가 물었다.

"승상은 무슨 헛소리를 이리 하십니까?"

승상이 두 손을 내어 두르며 말하였다.

"너는 어떤 사람이냐?"

진씨가 말하였다.

"첩을 알지 못하십니까? 첩은 진숙인입니다."

승상이 말하였다.

"진숙인이 어떤 사람이냐?"

진씨가 놀래어 나아가 머리를 만져보니 심히 더웠다.

진씨가 말하였다.

"승상 병환이 하룻밤 사이에 어찌 이토록 중하십니까?"

승상이 말하였다.

"꿈에 정씨와 함께 밤새도록 말했더니 내 기운이 이러하다."

진씨가 다시 물으나 승상이 대답하지 아니하고 몸을 돌이켜 눕자, 진씨가 민망하여 시녀에게 명하여 두 공주께 보고하였다.

"승상의 병환이 중하니 빨리 나와 보십시오!"

영양이 말하였다.

"어제 술을 먹은 사람이 무슨 병이겠는가? 우리를 나오게 하려고 꾀를 부리는 것일 뿐이다."

진씨가 바삐 들어가 태후께 고하였다.

"승상의 병환이 중하여 사람을 알아보지 못하니 황상께 아뢰어 의원을 불러 치료하게 하십시오."

태후가 이 말을 듣고 두 공주를 불러 꾸짖어 말하였다.

"너희가 부질없이 승상을 지나치게 희롱했구나. 병이 중하다 하는데 어찌 빨리 나가 보지 아니하느냐? 급히 나가 병이 중하거든 의원을 불러 치료하게 하라."

두 공주가 마지못하여 승상의 침소에 와 영양은 밖에 서고 난양과 진씨가 먼저 들어가니, 승상이 난양을 보고 두 손을 내어 두르며 눈을 굴려 사람을 알아보지 못하고 목 안으로 소리쳐 말하였다.

"내 명이 다하여 영양과 영결(영원히 헤어짐)하고자

하는데 영양은 어디에 가고 아니 오는가?"

난양이 말하였다.

"승상은 어찌 그런 말씀을 하십니까?"

승상이 말하였다.

"꿈에 정씨가 나에게 와서 이르기를, '상공은 어찌 약속을 저버리십니까?' 하며 술을 주어서 먹었더니 말을 못하겠고, 눈을 감으면 내 품에 눕고, 눈을 뜨면 내 앞에 서니, 정씨가 나를 원망함이 깊은 모양인데 내 어찌 살 수 있겠는가?"

하고, 벽을 향하여 헛소리를 무수히 하고 기절하는 듯하자, 난양이 병을 보고 크게 겁내어 나와서 영양에게 말하였다.

"승상이 저저(姐姐)를 보고자 하여 병이 되었으니 저저가 아니면 구하지 못할 것입니다. 저저는 급히 들어가 보십시오."

영양은 의심이 들었지만, 난양이 영양의 손을 잡아 함께 들어가니 승상이 헛소리를 하는데 모두 정씨에 대한 말이었다.

난양이 크게 소리하여 말하였다.

"영양이 왔으니 눈을 들어 보십시오."

승상이 잠깐 머리를 들어 손을 내어 일어나고자 하

자, 진씨가 나아가 몸을 붙들어 일으켜 앉히니 승
상이 두 공주에게 말하였다.

"내 두 공주와 백년해로하려 하였는데 지금 나를
잡아가려고 하는 사람이 있으니, 나는 세상에 오래
머물지 못할 것 같습니다."

영양이 말하였다.

"상공은 재상이시면서 어찌 그런 허황된 말씀을 하
십니까? 정씨가 비록 남은 혼이 있다 한들 궁중이
깊숙하고 그윽하며 천만 귀신이 지키고 보호하는데
어찌 감히 들어오겠습니까?"

승상이 말하였다.

"정씨가 지금 내 앞에 앉아 있는데 어찌 '들어오지
못하리라.' 하십니까?"

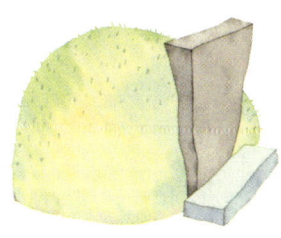

난양이 말하였다.

"옛 사람이 술잔의 활 그
림자를 보고 병이 들어 죽
었다더니 승상이 지금 그
러하십니다."

승상이 대답하지 아니하고 두 손만 내어 두르자,
영양이 병세가 흉함을 보고 다시 속이지 못하여 다
가앉아 말하였다.

"승상이 죽은 정씨를 이렇듯 생각하니 산 정씨를 보면 어떠하시겠습니까? 첩이 실은 정씨입니다."

승상이 말하였다.

"부인은 어찌 그런 말씀을 하십니까? 정씨의 혼이 지금 내 앞에 앉아 나를 황천에 데려가 전생의 연분을 맺자 하고 재촉하고 있는데 산 정씨가 어디에 있겠소. 그저 내 병을 위로코자 하시는 말이지만 진실로 허망합니다."

난양이 다가앉아 말하였다.

"승상은 의심치 마십시오. 실은 태후 낭랑께서 정씨를 양녀로 삼아 영양공주를 봉하여 첩과 함께 상서를 섬기게 하였으니, 오늘의 영양공주는 전일 거문고를 즐겨 듣던 정소저입니다. 그렇지 않으면 어찌 얼굴과 말소리가 이토록 같겠습니까?"

승상이 대답하지 아니하고 있다가 가만히 소리 내어 말하였다.

"내가 정가(鄭家)에 있을 때 정소저에게 시비 춘운이 있었는데, 그에게 물어보아야 하겠습니다."

난양이 말하였다.

"그렇지 않아도 춘운이 영양을 뵈러 궁중에 왔다가

승상의 기후(氣候)가 평안치 아니하심을 보고 밖에
서 기다리고 있습니다."

하고, 즉시 춘운을 부르니 춘운이 들어와 앉으며
말하였다.

"승상께서는 기체 어떠하십니까?"

승상이 말하였다.

"춘운 혼자만 있고 다른 사람은 다 나가시오."

두 공주와 진숙인이 나와 난간에 앉았는데, 승상이
즉시 일어나 세수하고 의관을 정제해 춘운으로 하
여금 '데려오라.' 하니 춘운이 웃음을 머금고 나와
전하자 모두 들어갔다.

승상이 화양건(華陽巾)을 쓰고, 궁금포(宮錦袍)를 입고,
백옥선(白玉扇)을 들고, 안석(案席)에 비스듬히 앉았
으니 기상이 봄바람같이 호탕하고 정신이 가을달같
이 맑아 병들었던 것 같지 않았다.

"가까이 앉으시오."

영양이 들어온 것을 알고 웃음을 참고 머리를 숙이
고 앉았다.

난양이 말하였다.

"상공께서 기체 어떠하십니까?"

승상이 정색하고 말하였다.

"요새는 풍속이 좋지 못하여 부인이 작당하고 가장을 조롱하니, 내가 비록 어질지 못하나 대신의 위치에 있어 문란해진 풍속을 바로잡을 일을 생각하여 병이 들었는데 이제는 나았으니 염려 마시오."

영양이 말하였다.

"무슨 말씀이신지 모르겠사오나 승상의 병환이 낫지 않으셨다면 태후께 여쭈어 명의를 불러 병을 고치고자 합니다."

승상이 아무리 웃음을 참고자 하였지만, 실로 '정소저가 죽었는가?' 하였는데, 이날 밤에 소저가 살아 있는 줄을 알고, 비록 속았으나 그리워하던 심사를 참지 못하고 생각하는 마음을 이기지 못하여 크게 웃어 말하였다.

"이제 부인을 지하에 가 상봉할까 하였더니 오늘 일은 진실로 꿈속입니다."

하며, 옥수를 잡고 어루만지니 원앙새가 초목 사이의 푸른 물을 만난 듯, 나비가 붉은 꽃을 본 듯 그 사랑함을 이루 헤아리지 못할 바였다.

영양이 일어나 재배하고 말하였다.

"이는 태후께서 어지시기 때문이며 황상 폐하의 성덕과 난양공주의 인후(仁厚)하신 덕이오니 그 은덕은 백골이 진토 되어도 갚지 못할까 합니다."

하고, 전후의 사연을 다 털어놓았다.

난양이 웃으며 말하였다.

"영양의 심덕(心德)이 아름다워서 하늘이 감동하신 것이니 첩이 무슨 관계가 있겠습니까?"

이때 태후가 이 말을 듣고 크게 웃으며 말하였다.

"내가 또한 속였다."

하고, 즉시 승상을 불러 물었다.

"승상이 죽은 정씨와 끊어진 연분을 다시 맺으니 어떠하신가?"

승상이 땅에 엎드려 말하였다.

"성은이 망극한데 만분지일이라도 갚지 못할까 합니다."

태후가 말하였다.

"나의 희롱함이 무슨 은혜라 하겠는가?"

이날 상이 군신 조회를 받을 때, 모든 신하들이 아뢰어 말하였다.

"요사이 경성(景星, 상서로운 별. 태평성대에 나타난

다고 함)이 나오고, 황하수도 맑아졌으며, 풍년이
들었고, 토번이 살던 땅이 다 항복하니 진실로 태
평성대인가 합니다."
하니, 상이 겸양하였다.

하루는 승상이 대부인을 모시고자 하여 상소를 하
였는데, 말씀이 지극하고 간절함을 상이 보고,
"양소유는 극진한 효자이다."

하고, 황금 일천 근과, 비단 팔
백 필과, 백옥으로 꾸민 가
마를 주며 말하였다.
"즉시 가서 대부인을 위하
여 잔치하고 모셔오라."
승상이 황태후께 하직할
때, 태후가 비단으로 장식
된 신을 주었다.
승상이 물러나와 두 공주와 진씨, 춘랑과 이별하고
길을 떠나 낙양에 다다르니, 계섬월과 적경홍이 벌
써 객관에 와서 기다리고 있었다.
승상이 웃으며 말하였다.
"내 이 길은 황명이 아니요, 사사로운 용무로 가는

데 두 낭자는 어찌 알고 왔는가?"

섬월이 대답하여 말하였다.

"대승상 위국공이자 부마도위(駙馬都尉)의 행차라 깊은 산골이라도 다 아는데, 첩들이 아무리 산림에 숨은들 어찌 모르겠습니까? 또한 승상의 부귀는 천하의 으뜸이라 첩들도 즐겁거니와 소문에 두 공주를 부인 삼으셨다 하니 믿지 못하겠습니다. 첩들을 받아들이시겠습니까?"

승상이 말하였다.

"한 분은 황상 폐하의 누이요, 또 한 분은 정사도의 소저이다. 황태후가 양녀를 삼아 영양공주에 봉하였으니 계랑이 말한 대로 되었다. 무슨 투기(妬忌)가 있겠는가. 두 공주가 다 유한(幽閑, 여자의 인품이 조용하고 그윽함)한 덕이 있으니 두 낭자의 복이다."

섬월과 경홍이 크게 기뻐하였다.

승상이 다시 길을 떠나 고향에 갔다.

승상이 십육 세에 모친께 이별하고 과거 보러 갔다가 다시 사 년 사이에 대승상 위국공의 위의를 갖추고 대부인께 돌아가 뵈니, 부인 유씨가 손을 잡고 등을 어루만지며 말하였다.

"네가 진실로 내 아들 소유냐? 근근이 너를 기를
때 이리 될 줄 어찌 알았겠느냐?"
하고, 반가운 마음을 헤아리지 못하고 손을 잡고서
눈물을 흘렸다.
승상이 조상의 무덤을 깨끗이 한 후 제사 지내고
임금께 받은 금과 비단으로 대부인을 위하여 친구
와 일가친척을 다 청하여 큰 잔치를 베풀고 대부인
을 모셔 경성으로 올라갈 때, 각도(各道)의 수령이
며 여러 고을의 태수(太守)들이 저마다 배웅하였다.
황성에 이르러 대부인을 모시고 승상부
에 들어가 황제와 태후께 입조
하니 황제가 불러 만나보
고 금과 비단을 많이
상사(賞賜)하였다.

황제가 내려준 새 집에 대
부인을 모시고 두 공주와
진숙인, 가유인이 모두 예
로써 알현(謁見)하고 만조
백관을 청하여 삼 일을 잔
치할 때, 궁실 거처의 휘황함과 풍악, 음식의 찬란
함은 세상에 비할 데 없었다.
잔치가 한창일 때 문지기가 고하였다.
"문 밖에서 두 여자가 승상과 대부인 뵙기를 청합
니다."
승상이 말하였다.
"분명 계섬월과 적경홍이다."
하고, 대부인께 고하고 부르자, 섬월과 경홍이 머
리를 숙여 계단 아래에 서서 뵈니 진실로 절대가인
이어서 모든 손님들이 다 칭찬해 마지않았다.
진숙인은 섬월과 옛정이 있어 서로 만나 기쁨을 이
기지 못하였다.
영양공주가 섬월을 불러 술 한 잔을 주며 말하였다.
"이것으로 나를 천거한 공을 사례한다."
대부인이 말했다.
"너희는 섬월에게만 사례하고 두연사의 공은 생각

하지 아니하느냐?"

승상이 말하였다.

"오늘날 이렇게 즐기는 것은 다 두연사의 덕이다."

하고, 즉시 사람을 자청관(紫淸觀)에 보내어 청하니 두연사는 촉나라에 들어가고 없었다.

이때로부터 승상부 창기(娼妓) 팔백인을 동부와 서부로 나누어, 동부 사백은 섬월이 가르치고 서부 사백 인은 경홍이 가르치니 가무가 날로 새로워, 비록 이원(梨園, 중국 당나라 때, 현종이 몸소 배우(俳優)의 기술을 가르치던 곳. 오늘날 뜻이 바뀌어 연예계, 극단, 배우들의 사회 따위를 이른다)의 배우들이라도 미치지 못할 정도였다.

하루는 공주와 여러 낭자가 대부인을 모셔 앉았는데, 승상이 한 편지를 들고 들어와 난양을 주며 말하였다.

"이는 월왕의 편지니 보십시오."

난양이 펴 보니 다음과 같았다.

"지난번에는 국가에 일이 많아 낙유원(樂遊原)에 말

을 머물게 하는 좋은 기회와 곤명지(昆明池)에서 배
를 타고 노는 즐거운 일을 이제껏 못하였는데, 지
금 황상의 넓으신 덕과 승상의 공명에 힘입어 천하
태평하니, 원컨대 승상과 함께 봄빛을 구경하고자
합니다."

난양이 승상께 말하였다.

"월왕의 뜻을 아시겠습니까?"

승상이 말하였다.

"봄빛을 희롱코자 하는 것에 불과한 것 아닙니까?"

난양이 말하였다.

"월왕의 뜻이 본디 풍류를 좋아하여 무창(武昌)의
명기(名妓) 만옥연을 얻어두고, 승상 궁중에서 보았
던 미인들과 한번 다투어 보고자 하는 것입니다."

승상이 웃으며 말하였다.

"과연 그렇소이다"

영양공주가 말하였다.

"그렇다면 아무리 노는 일이라도 어찌 남에게 질
수야 있겠습니까?"

하고, 계섬월과 적경홍을 쳐다보며 말하였다.

"군병을 십 년 가르치는 것은 한번 싸움의 승패를
위한 것이니, 이날의 승부는 두 낭자에게 달려 있

다. 부디 힘써 하라."

섬월이 말하였다.

"월궁의 풍류는 일국의 으뜸이요, 만옥연은 천하의 절색입니다. 첩의 얼굴과 음률이 다 부족하니 누를 끼치게 될까 두렵습니다."

경홍이 이 말을 듣고 큰소리로 말하였다.

"섬랑, 우리 두 사람이 관동 칠십여 주를 돌아다녔지만 당할 사람이 없었는데 만옥연 한 사람을 두려워하는가?"

섬월이 말하였다.

"홍랑은 어찌 그처럼 자만하는가?"

하고, 승상께 고하였다.

"'교만한 사람과 하는 일은 반드시 잘못된다.'고 하는데, 홍랑의 말이 과하니 패배할 것 같습니다. 또 홍랑의 얼굴이 아리따우면 승상이 어찌 남자로 속으셨겠습니까?"

영양이 말하였다.

"홍랑의 얼굴이 부족한 것이 아니라 승상의 눈이 밝지 못한 것이지요."

승상이 크게 웃으며 말하였다.

"부인도 눈이 있으면서 예전에는 어찌 내가 남자인

줄을 모르셨습니까?"
모든 사람들이 크게 웃었다.

이럭저럭 월왕과 만나는 날이 되자, 승상이 의복과
안장 얹은 말을 각별히 가다듬어 모양을 내고 계섬
월, 적경홍과 함께 팔백 창기를 거느려 좌우에 모
시게 하니 진실로 춘삼월 복숭아꽃 속이었다.
월왕이 또한 풍류를 성대히 갖추고 승상을 맞아 서
로 자리를 정한 후에, 승상과 월왕이 말도 자랑하
고 활 쏘는 법도 시험하여 서로 칭찬하는데 문득
심부름하는 사람이 고하였다.
"어린 내시가 어명을 모셔 왔습니다."
월왕과 승상이 놀라 일어나 맞이하니,
어린 내시가 임금이 내려준 황봉주(黃
封酒)를 부어 권하며 말하였다.
"글제를 받들어 글을 지으라 하셨습
니다."
월왕과 승상이 머리를 조아려 재배하
고 각각 사운(四韻)시를 지어 보냈다.
이때 여러 빈객은 차례대로 쭉 벌여 앉았고 좋은
술과 맛난 안주를 한꺼번에 올리니, 위의가 찬란하

고 음식이 난만하였다. 각색 풍류와 온갖 노래는
서왕모(西王母)의 요지연(瑤池宴)과 한무제(漢武帝)의
백량대(柏梁臺)라도 미치지 못할 듯하였다.

월왕이 승상에게 말하였다.

"승상께 조그마한 정성을 아뢰고자 소첩 등을 불러
가무(歌舞)하여 승상을 즐겁게 하고자 합니다."

승상이 말하였다.

"제가 감히 대왕의 궁인과 상대하겠습니까? 저 또
한 시첩(侍妾)을 시켜 재주를 아뢰어 대왕의 흥을
돕고자 합니다."

이에 계섬월과 적경홍과 월궁의 네 미인이 나와 뵈
니 승상이 말하였다.

"옛날 현종(玄宗) 황제 시절에 궁중에 한 미인이 있
었는데 이름은 부운이요, 얼굴은 일색이었습니다.
이태백이 그 미인을 보고자 황제께 청하였지만 겨
우 말소리만 듣고 얼굴을 보지 못하였는데, 저는
대왕의 네 선녀를 보니 천상 선인(仙人)인가 싶은데
저 미인들의 이름은 무엇이라 합니까?"

월왕이 말하였다.

"저들은 금릉(金陵)의 두운선(杜雲仙)이요, 진류(陳
留)의 소채아(少蔡兒)요, 무창(武昌)의 만옥연(萬玉燕)

이요, 장안(長安)의 호영영(胡英英)입니다."

승상이 말하였다.

"만옥연의 이름을 들은 지 오래되었는데, 그 얼굴을 보니 과연 소문과 같습니다."

월왕은 또 섬월의 성명을 들은 바 있어 물어 말하였다.

"이 양 낭자를 어디서 얻으셨습니까?"

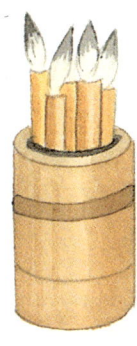

승상이 말하였다.

"제가 과거 보러 가는 날에 마침 낙양 땅에서 섬월은 제 스스로 좇아왔고, 경홍은 연나라를 치러갈 때 한단(邯鄲) 땅에서 스스로 좇아왔습니다."

월왕이 손뼉을 치고 크게 웃으며 말하였다.

"승상이 한림의 직위로 황금인을 차고 도적을 쳐 승전하고 돌아올 때 적낭자가 알아보기는 쉬웠겠지만, 계낭자는 승상이 곤궁할 때 부귀할 줄을 알았으니 기특하구나."

하고, 술을 가득 부어 섬월에게 상으로 주었다.

승상과 월왕이 장막 밖의 무사들이 활 쏘고 말을 달리는 것을 보고 있다가 월왕이 말하였다.

"미인이 말을 타며 활 쏘는 재주를 봄 직하기에 궁녀 수십 인을 가르쳤는데 승상 부중(府中)에도 그러한 궁녀들이 있습니까? 한번 재주를 겨루어 봄이 어떠합니까?"

승상이 크게 기뻐하여 즉시 수십 인을 뽑아 월궁녀와 승부를 다툴 때, 경홍이 고하였다.

"비록 활을 잡아보지는 아니하였으나 남이 활 쏘는 것을 익히 보았으니 잠깐 시험코자 합니다."

승상이 기뻐해 즉시 찬 활을 끌러 주었다.

경홍이 여러 미인에게 말하였다.

"비록 맞히지 못하여도 웃지 말라."

하고, 말에 올라 채찍질을 하는데 마침 꿩이 날자 쏘아서 말 아래 떨어뜨리니, 승상과 월왕이 다 놀라고 월궁 미인이 모두 탄복하며 말하였다.

"우리는 십 년 헛공부를 하였다."

계섬월과 적경홍이, '우리 두 사람이 월왕의 미인들에게 첫 자리를 내어주는 것은 아니지만 수가 적어 안타깝구나.'라고 생각하며, 문득 바라보니 두 미인이 수레를 타고 장막 밖에 와서 고하였다.

"양승상의 소실(小室)입니다."

하고, 수레에서 내리는데 보니 한 사람은 심요연이
요, 또 한 사람은 확실히 꿈속에서 보았던 동정 용
녀였다.

승상께 절하며 알현하니 승상이 월왕을 가리켜 말
하였다.

"이 분은 월왕 전하시다."

두 사람이 예로써 알현하고 계섬월, 적경홍과 함께
앉아 있는데 승상이 월왕에게 말하였다.

"저 두 사람은 내가 토번을 정벌할 때 얻었지만 미
처 데려오지 못하였는데, 오늘 이 성대한 모임을
듣고 온 듯합니다."

왕이 그 두 사람을 보니 자색이 섬월과 같았지만
고고한 태도와 뛰어난 기운은 더하였다. 왕이 기이
하게 여기고 월궁의 미인들도 다 안색이 바뀌었다.
왕이 물어 말하였다.

"두 낭자는 어디 사람이며 성명은 누구냐?"

한 사람이 말하였다.

"첩은 심요연입니다."

또 한 사람이 말하였다.

"백능파입니다."

왕이 말하였다.

"두 낭자에게 무슨 재주가 있느냐?"

요연이 말하였다.

"변방 밖 사람이라 사죽(絲竹, 관악기와 현악기를 아울러 이르는 말) 소리를 듣지 못하였으니 대왕께서 즐겨하실 만한 재주는 없지만, 다만 허랑한 검술을 배워 용진(龍陳)은 압니다."

월왕이 크게 기뻐하여 승상에게 말하였다.

"현종조에 공손대랑(公孫大娘)이 검무로 유명하였지만 후세에 전해지지 않아 항상 두보의 글만을 읊고 직접 보지 못함을 한탄하였는데, 낭자가 할 줄 안다면 기뻐할 일이다."

하고, 승상과 각각 찬 칼을 끌러 주었다. 요연이 한 곡조를 추니 자유자재로 변화하여 신통 기이한 법이 많아 왕이 놀라 정신을 잃었다가 한참 후에 말하였다.

"세상 사람이야 어찌 저럴 수 있겠는가, 낭자는 진실로 신선이구나."

하고 또 능파에게 재주를 물으니 대답하여 말하였다.

"첩은 상강(湘江)가에 살기에 비파 타는 노래를 때

때로 익혔으나 귀한 분께서 들으시면 어떠할지 염
려됩니다."

왕이 말하였다.

"상비(湘妃)의 비파 소
리를 옛사람의 시구(詩
句)를 통해서나 알 수
있었을 뿐이다. 낭자가
할 수 있다면 즐거운 일
이다. 어서 타라."

능파가 한 곡조를 타니 맑은 노래와 신통한 술법이
사람을 슬프게 하고 조화를 아는 듯하였다.

왕이 기이히 여겨 말하였다.

"진실로 인간의 곡조가 아니다. 정말로 선녀구나."

날이 저물어 잔치를 파하여 가무에 상으로 내린 금
과 비단이 헤아리지 못할 정도였다.

승상과 월왕이 각각 풍류를 여러 가지로 갖추어 성
문에 들어오니 장안 사람이 뉘 아니 구경하며 백
세 노인도 감탄하며 말하였다.

"현종 황제가 화청궁(華淸宮)에 거동하실 때 위엄이
이와 같았는데 오늘 또 다시 보는구나!"

이때 두 공주가 진가의 두 낭자와 함께 대부인을 모시고 승상이 돌아오기를 기다리고 있었다.

승상이 심요연과 백능파 두 사람을 대부인과 두 공주께 뵈니 부인이 말하였다.

"전일 승상이 두 낭자의 공로를 칭찬하여 일찍 보고자 하였는데 어찌 이리 늦었느냐?"

심요연이 말하였다.

"첩들은 먼 지방의 천인입니다. 비록 승상이 한번 돌아보신 은혜를 입었으나 두 부인께서 한 자리를 허락하지 않으실까 두려워 감히 오지 못하였습니다. 서울에 들어와 두 공주께서 관저(關雎)와 규목(樛木)의 덕이 있으심을 듣고 이제야 나와 뵙고자 했는데, 마침 승상께서 성대히 잔치하신다는 것을 듣고 외람되게 참예하고 돌아오니 첩들의 영광스러운 행운인가 합니다."

공주가 웃으며 말하였다.

"우리 궁중에 춘색(春色)이 난만한 것은 다 우리 형제의 공인 것을 승상은 아십니까?"

승상이 크게 웃으며 말하였다.

"저 두 사람이 새로 와서 공주의 위풍이 두려워 아첨하는 말을 공주는 공을 삼고자 합니까?"

모두가 크게 웃었다.

진가 두 낭자가 섬월에게 물었다.

"오늘 승부는 어떠했는가?"

경홍이 말하였다.

"섬랑이 내 큰소리를 비웃었는데 내 한마디로 월궁 미인들의 기를 꺾었으니 섬랑에게 물으시면 아실 것입니다."

섬랑이 말하였다.

"홍랑의 말 타고 활 쏘는 재주는 절묘하다 할 것이지만, 저 월궁 미인들의 기를 꺾은 것은 다 새로 온 두 낭자의 자색과 재주 때문입니다."

그 이튿날 승상이 월왕과 함께 입조하여 태후를 뵈니 태후가 월왕에게 물었다.

"어제 승상과 춘색을 다투었다 하더니 승부는 어떠했는가?"

월왕이 말하였다.

"승상의 복은 보통 사람과 같지 않습니다. 그러나 이것이 공주에게도 복이 되겠습니까? 원컨대 낭랑은 이 말씀으로 승상을 심문하십시오."

승상이 말하였다.

"월왕이 신에게 졌단 말은 이태백이 최호(崔顥)의 시를 겁내는 것과 같습니다. 공주에게 복이 되고 아니됨은 공주에게 물으십시오."

공주가 대답하여 말하였다.

"부부는 한 몸이니 영욕고락(榮辱苦樂)이 어찌 다르겠습니까?"

월왕이 말하였다.

"누이가 말은 그렇게 하나 자고로 부마 중에 누가 승상같이 방탕하였겠습니까? 청컨대 승상을 벌하십시오."

태후가 크게 웃고 술 한 잔으로 벌하였다.

승상이 크게 취하여 돌아올 때는 두 공주도 함께 왔다.

대부인이 물어 말하였다.

"전에도 선온(宣醞, 임금이 신하에게 궁중에서 빚은 술을 내리던 일.)의 명이 있었지만 이처럼 취하지 아니하였는데, 어찌 오늘은 과히 취하였는가?"

승상이 말하였다.

"공주의 오라비인 월왕이 태후께 고자질하여 소자

의 죄를 지어내었는데 마
침 말씀을 잘 드려 한 말
술로 벌을 받았습니다. 소
자가 만일 주량이 약했으
면 거의 죽을 뻔하였으니,
월왕이야 낙원(樂原)에서
진 일을 설욕하려 한 일이겠지만 난양도 내가 희첩
(姬妾)이 많음을 시기하여 그 오라비와 함께 나를
모해하였으니, 모친은 한 잔 술로 난양을 벌하여
소자를 설욕하여 주십시오."
유부인이 크게 웃으며 말하였다.
"공주가 비록 술을 먹지 못하나 취객을 위하여 마
다하지는 못할 것이다."
하고, 승상을 속여 설탕물 한 잔으로 벌하였다.

이즈음 두 부인이 육 낭자와 서로 즐기는 뜻이, 고
기가 물에서 놀고 새가 구름에서 나는 것 같아서
서로 은정을 잊지 못하니, 비록 두 부인의 현덕(賢
德)에 감화 받아서였지만 본래 남악산에서 발원(發
願, 소원을 빎)한 때문이었다.
하루는 두 공주가 서로 의논하여 말하였다.

"옛 사람은 자매형제가 혹 남의 아내도 되고 혹 남의 첩도 되었는데, 우리 이처육첩(二妻六妾)은 의가 골육 같고 정이 형제 같으니 어찌 천명이 아니겠는가? 타고난 성이 한 가지가 아니고 지위의 높고 낮음이 같지 않다는 것은 그리 거리낄 일이 아니다. 마땅히 결의형제(結義兄弟)하여 일생을 지내는 것이 어떠한가?"

육 낭자가 다 겸손히 사양하고 춘운과 섬월이 더욱 웅치 아니하자 정부인이 말하였다.

"유비, 관우, 장비 세 사람은 군신 사이였지만 형제의 의가 있었고, 세존의 처와 등가여자(登伽女子)는 높고 낮음이 현격히 차이가 났지만 함께 제자가 되었으니, 당초 미천함이 앞날을 성취하는 데 무슨 관계가 있겠는가?"

두 공주가 이에 육 낭자를 데리고 관음화상 앞에 나아가 분향재배한 후, 형제를 맺는 맹세를 하고 글을 지어, '각각 자매로 스스로 처신하라.' 하였으니, 육 낭자가 오히려 명분을 지키어 말이 공순하나 정의(情誼, 서로 사귀어 친하여진 정)는 더 각별하였다.

두 부인과 육 낭자가 각각 자녀를 두었다. 양부인,

춘운, 섬월, 요연, 경홍은 아들을 낳았고, 채봉, 능파는 딸을 낳았는데, 낳고 기르는 데 괴로움이 없었다.

이때 천하가 아주 태평하여 승상이 밖으로는 현명한 임금을 모셔 후원에서 사냥하고, 안으로는 대부인을 모셔 북당(北堂)에서 잔치하니 이럭저럭 세월이 물 흐르는 듯하였다. 승상이 장상(將相)이 되어 권세를 잡은 지 이미 수십 년이었다. 유부인이 천수(天壽)를 다하고 별세하자 승상이 크게 슬퍼하였다. 임금과 왕비가 중사(中使, 왕의 명령을 전하던 내시)를 보내 위로하고 왕후예(王后禮)로 장사 지내게 하였다.

승상의 육남 이녀중, 맏아들은 대경(大卿)이니 정부인의 소생으로 이부상서(吏部尚書)를 하고, 둘째는 차경(次卿)이니 적씨의 소생으로 경조윤(京兆尹)을 하고, 셋째는 순경(舜卿)이니 가씨의 소생으로 어사중승(御史中丞)을 하고, 넷째는 계경(季卿)이니 난양의 소생으로 병부시랑(兵府侍郎)을 하고, 다섯째는 오경(五卿)이니 계씨의 소생으로 한림학사(翰林學士)를 하고, 여섯째는 치경(致卿)이니 심씨의 소생으로 나이 열 다섯에 용력이 절륜하여 금오상장군(金吾上將軍)이 되었다. 맏딸의 이름은 전단(傳丹)이니 진씨의 소생으로 월왕의 며느리가 되었고, 차녀의 이름은 영락(永樂)이니 백씨의 소생으로 황태자의 첩여(여관(女官)의 한 계급)가 되었다.

승상이 일개 서생으로 환란을 평정하고 태평을 이루어 공명부귀가 곽분양(郭汾陽, 본명은 곽자의(郭子儀)로 당나라의 명장. 살아생전에 오복(五福)을 다 누렸다 하여 '곽분양팔자'라는 말이 생김)과 명성을 나란히 하였지만, 곽분양은 육십에 상장(上將)이 되었는데 승상은 이십에 장상(將相)이 되어 위로 임금의 마음을 얻고 아래로는 인망이 있어 이토록 복을 누리기는 천고에 없는 일이었다.

승상이 이제는 나라의 대임을 맡고 있기 어려워 물러나기를 상소하였지만, 상이 친필로 답장을 써 고집스럽게 만류하였다. 그 후 또 상소하여 뜻을 간절히 하자, 상이 친필로 답장을 써 말하였다.

"경의 높은 절개를 이루어 주고자 하지만, 황태후께서 승하하신 후에 어찌 차마 두 공주를 멀리 떠나보낼 수 있겠는가? 성남 사십 리에 별궁이 있으니 이름은 취미궁(翠微宮)이다. 이 궁이 한적하니 경이 은거하기에 적당할 것이다."

하고, 승상을 태사(太師, 임금의 고문을 맡은 정일품 벼슬. 원로대신의 명예직)에 봉하고 오천 호를 더 상사하면서 승상의 인수(印綬)를 거두었다. 승상이 큰 은혜에 더욱 감격하여 즉시 취미궁으로 가니, 이 궁은 종남산(終南山) 가운데 있어 누대(樓臺)가 장려하며 경치가 아주 빼어나 진실로 봉래(蓬萊) 선경(仙景)이었다.

승상이 그 정전(正殿)을 비워 나라의 조지(詔旨)와 임금이 지은 시문(詩文)을 받들어 모시고 그 남은 누각과 정자는 두 공주와 여러 낭자가 나누어 거처하게 하였다.

승상이 두 부인과 육 낭자를 데리고 물에 비친 달을 희롱하고 산에 들어가 매화를 찾아, 혹 시로 화답하며 거문고도 타니 만년의 조용한 복을 뉘 아니 칭찬하겠는가?

팔월 보름날은 승상의 생일이어서 모든 자녀들이

다 헌수(獻壽)하여 잔치하니, 그 번화한 모습은 비할 데 없었다.

이럭저럭 구월을 맞아 국화가 만발하여 구경하기 좋은 때였다. 취미궁 서편에 한 높은 누각이 있어 올라보면 팔백 리 진천(秦川)이 손바닥 펼친 모양으로 훤히 보였다.

승상이 부인과 낭자들을 데리고 올라가 가을 경치를 희롱하는데, 어느덧 석양은 기울어지고 구름은 나직이 깔려 가을빛이 찬란하니 마치 그림 속 풍경 같았다.

승상이 옥퉁소를 내어 한 곡조를 부니 그 소리가 처량하여 형경(荊卿)이 역수(易水)를 건널 때 고점리(高漸離)가 비파를 켜고, 초패왕(楚覇王)이 해하(垓下)에서 삼경에 우미인(虞美人)을 이별하는 노래 같았다.

모든 미인이 다 슬픔을 이기지 못하니 두 부인이 승상에게 물었다.

"승상이 일찍이 공명을 이루고 오래 부귀를 누려

오늘날 좋은 시절을 맞았는데, 퉁소 소리가 처량하여 전일과 다르니 어찌된 일입니까?"

승상이 옥퉁소를 던지고 난간에 기대어 밝은 달을 가리키며 말하였다.

"동쪽을 바라보니 진시황(秦始皇)의 아방궁(阿房宮)이 풀 속에 외롭게 서 있고, 서쪽을 바라보니 한무제(漢武帝)의 무릉(茂陵)이 가을 풀 속에 쓸쓸하며, 북쪽을 바라보니 당명황(唐明皇)의 화청궁(華淸宮)에 빈 달빛뿐이라오. 이 세 임금은 천고의 영웅이어서 사해(四海)로 집을 삼고 억조창생(億兆蒼生)으로 신첩(臣妾)을 삼아 해와 달과 별을 돌이켜 천세를 지내고자 하였지만 이제 어디 있는가?

소유는 하동(河東)의 한 베옷 입은 선비로 다행히 현명하신 임금을 만나 벼슬이 장상(將相)에 이르고 또 여러 낭자와 함께 서로 만나 정이 두텁고 심정이 늙도록 더 긴밀하니, 전생의 연분이 아니면 어찌 그러하겠소? 연분이 있어 모이고 연분이 다하면 흩어지기는 천리(天理)의 떳떳한 일이오.

우리가 돌아가게 되면 높은 누각과, 굽은 연못과, 노래하던 궁전과, 춤추던 정자들이 거친 풀과 쓸쓸한 연기로 적막한 가운데, 나무하는 아이와 풀 뜯어 마소 치는 아이들이 손가락질하여 이르되, '양승상이 낭자와 함께 놀던 곳이다.' 하리니 어찌 슬프지 아니하겠소.

천하에 세 가지 도가 있으니 유도(儒道)·선도(仙道)·불도(佛道)라오. 유도는 윤리와 기강을 밝히고 사업을 귀하게 여겨 이름을 죽은 후에 전할 따름이요, 선도는 허망하니 족히 구할 것 아닌데, 오직 불도는 내 근래에 꿈을 꾸면 항상 부들방석(부들로 둥글게 틀어 만든 방석) 위에서 참선하는 것이 보여 불가에 반드시 인연이 있는 것 같소.

내 장차 장자방(張子房)이 적송자(赤松子)를 좇은 것 같이 남해를 건너 관음(觀音)께 뵈고, 의대(義臺)에 올라 문수보살(文殊菩薩)에 예불하여 불생불멸의 도를 얻고자 하나, 다만 그대들과 함께 반평생을 서로 따르다가 장차 멀리 이별하려 하니 자연 비창한 마음이 퉁소 소리에 나타났던 것이오."

여러 낭자도 다 남악 선녀로서 세속의 인연이 장차 다한 가운데 승상의 말씀을 들으니 어찌 감동치 아니하겠는가?

모두들 말하기를,

"상공이 변화한 중에 이런 마음이 있으니 분명 하늘의 뜻입니다. 저희 여덟 사람이 아침저녁으로 예불하여 상공을 기다릴 것이니, 상공은 밝은 스승을 얻어 큰 도를 깨달은 후에 첩들을 가르치십시오."

승상이 크게 기뻐하며 말하였다.

"우리 아홉 사람의 마음이 서로 맞으니 무슨 근심이 있겠소."

여러 낭자가 술을 내어 와 작별하려 할 때, 문득 지팡막대 끄는 소리가 난간 밖에서 나 여러 사람이 다 의심하였다.

한참 후에 한 노승이 나타났는데 눈썹은 한 자나 길고 눈은 물결 같아 얼굴과 동정(動靜)이 보통의 중은 아니었다.

대(臺) 위에 올라 승상과 자리를 맞대고 앉아 말하였다.

"산야(山野)의 사람이 대승상을 찾아뵙니다."

승상이 일어나 답례하여 말하였다.

"사부(師父)는 어디에서 오셨습니까?"

노승이 웃으며 말하였다.

"승상은 평생 사귀던 오랜 벗을 모르십니까?"

승상이 한참 보다가 깨닫고 여러 낭자를 돌아보며 말하였다.

"내 토번을 치러 갔을 때 꿈에 동정호에 갔다가 남악산에 올라, 늙은 화상이 제자를 데리고 강론하는 모습을 보았는데 사부가 바로 그분이십니까?"

노승이 박장대소하며 말하였다.

"옳소! 옳소! 그러나 승상은 꿈속에서 한 번 본 것만 기억하고, 십 년을 같이 산 것은 생각하지 못하십니까?"

승상이 멍한 채로 말하였다.

"십육 세 이전은 부모의 곁을 떠나지 아니하고, 십육 세 후는 벼슬하여 임금을 섬겨 분주하여 겨를이 없었는데, 어느 사이에 사부를 좇아 십 년을 살았겠습니까?"

노승이 웃으며 말하였다.

"승상이 아직도 꿈을 깨닫지 못하였소."

승상이 말하였다.

"사부께서 저를 깨닫게 하시겠습니까?"

노승이 말하였다.

"거 어렵지 않지."

하고, 막대기를 들어 난간을 치니, 문득 흰 구름이 사면에 일어나 지척을 분간치 못하였다.

승상이 노승을 불러 크게 말하였다.

"사부는 바른 도리로 가르치지 아니하시고 어찌 환술(幻術)로 희롱하십니까?"

말을 마치지도 못하여 구름이 걷히며 노승과 두 부인, 육 낭자는 간데없었다.

승상이 크게 놀라 자세히 보니 누대 궁궐은 간데없고, 몸은 홀로 작은 암자 가운데 앉아 있었다. 손으로 머리를 만지니 새로 깎은 흔적이 송송하고 백팔염주가 목에 걸려 있으니 이젠 대승상의 위의는 없고 단지 연화도량의 성진 소화상(小和尙)이었다.

다시 생각하기를,

'당초 일념 그르침을 사부(師傅)가 경계하려 하여, 인간 세상에 나가 부귀영화와 남녀 정욕을 한번 알게 하신 게로구나.'

하고, 즉시 샘으로 가 세수한 후, 장삼(長衫)을 바

로 입고 고깔을 뚜렷이 쓰고 방장(房丈)에 들어가니
모든 제자들이 다 모여 있었다.

대사가 큰 소리로 말하였다.

"성진아, 인간 세상의 재미가 어떠하더냐?"

성진이 머리를 땅에 조아리고 눈물을 흘리며 말하
였다.

"이제야 깨달았습니다. 성진이 함부로 굴어 도심(道
心)이 바르지 못하니 마땅히 괴로운 세계에서 영원
히 앙화(殃禍)를 받게 될 것을 사부께서 한 꿈을 불
러 일으켜 소자의 어리석음을 깨닫게 하시니, 사부
의 은덕은 천만 년이라도 갚지 못하겠습니다."

대사가 말하였다.

"네가 흥을 띠어 갔다가 흥이 다하여 왔으니 내가 무슨 간섭을 하겠느냐? 또한 네가 세상과 꿈을 다르게 아니, 네가 아직도 꿈을 깨지 못하였구나!"

성진이 두 번 절해 사죄하고, 설법(說法)하여 꿈을 깨기를 청하였다.

이때 팔선녀가 들어와 사례하며 말하였다.

"저희들이 위부인을 모셨으나 무지하여 정욕을 금치 못해 중한 책망을 입었는데, 사부께서 구제하시어 한 꿈을 꾸고 깨었으니, 원컨대 제자 되어 같은 길로 인도받기를 바랍니다."

대사가 크게 웃으며 말하였다.

"너희들이 진실로 꿈을 알았으니 다시는 망령된 생각을 하지 말라!"

하고, 즉시 대경법(大經法)을 베풀어 성진과 팔선녀를 가르치니 인간 세상의 모든 변화는 다 꿈 밖의 꿈이요, 한마음으로 불법에 나아가니 극락세계의 만만세 무궁한 즐거움이었다.

김만중(金萬重 1637~1692)

조선 중기 문신·문학가이며, 자는 중숙(重叔), 호는 서포(西浦), 시호는 문효(文孝)이다. 1665년(현종 6) 정시 문과에 장원으로 급제한 뒤, 정언·수찬을 역임하였고 1671년 암행어사가 되어 경기·삼남의 민정을 살폈으며, 1675년(숙종 1) 관작이 삭탈되기까지 헌납·부수찬·교리 등을 역임하였다. 1679년(숙종 5) 다시 등용되어 예조참의·공조판서·대제학·대사헌 등을 지냈으나, 장숙의 일가를 둘러싼 언사 사건에 연루되어 선천으로 유배되었다. 1688년(숙종 14) 풀려났으나 다시 탄핵을 받아 남해에 유배되어, 그곳에서 《구운몽》을 쓴 뒤 병사하였다. 시문에도 뛰어났고, 유복자로 태어나 효성이 지극해 어머니 윤씨를 위로하기 위하여 국문 소설을 많이 썼다고 하는데, 알려진 작품은 《구운몽》과 《사씨남정기》뿐이다. 《구운몽》은 전문을 한글로 집필한 소설 문학의 선구로 꼽힌다. 특히 그 구성은 선계(仙界)와 현실계(現實界)의 이중 구성을 택하였고, 불교적인 인생관을 형상화하였다. 그 밖의 작품으로 《서포집》, 《서포만필》《고시선》이 있다.

국어과 선생님이 뽑은

한국문학읽기
한국고전읽기
세계문학읽기